# 正《しょう》吾《ご》と蟹《かに》

「どや？　坊主《ぼうず》たちの死んだ父ちゃんのと、どっちが太かや？」

そう声をかけられ、洗い場で弟悠太の髪を洗っていた駿《しゅん》は、正吾を見遣《みや》った。湯の中に仁王立ちして、腰を突き出している正吾の性器や恥毛が、ぐったりとお湯に濡《ぬ》れている。

「どや？　どっちが太かや？」

薄笑いを浮かべた正吾が、更に腰を突き出す。駿は、「知らん」と答えて目を逸《そ》らし、洗面器にビー玉を入れて遊んでいる悠太の泡だらけの髪にお湯をかける。

ときどきこの正吾は、駿の母、千鶴《ちづる》の手を引いて離れに連れ込むことがある。駿はまだ七歳になったばかりだが、正吾が今した質問が、その事と何かしら関係がありそうなことだけは知っていて、お湯に濡れた正吾の性器までが、ニタッと薄笑いしたように見える。

　肩に手拭《てぬぐ》いをかけた素っ裸の正吾が、風呂場《ふろば》のドアを開けて入ってきたとき、駿は洗い場のタイルに尻《しり》をつけ、自分の髪を洗っていた。

「おら、坊主ら、いつまで入っとる、さっさと出らんか！」

　大股《おおまた》で風呂場へ入ってきた正吾は、その毛濃い脛《すね》で駿のからだを押し退《の》け、湯の中から悠太を抱え出した。代わりに湯釜《ゆがま》へからだを沈めた正吾の周りでお湯が膨らみ、外へ溢《あふ》れた湯が駿の尻の下を流れる。色白な正吾の背中には、緋鯉《ひごい》の刺青《いれずみ》が彫ってあり、お湯に沈んだその緋鯉が、パクパクと口を動かすように駿には見える。

　夜になると街へ繰り出す男たちのために、三村の家では早目に風呂が沸かされる。納屋《なや》を改造して作られた風呂場に天井はなく、湯気で水滴をつけた屋根裏の蜘蛛《くも》の巣も見える。磨《す》りガラスの窓に西日を受けて、風呂場にこもった濃い湯気は、いつも薄桃色に染まっている。

　その窓を湯につかっていた正吾が立ち上がって乱暴に開けた。外で鳴く蟬《せみ》の声がいっそう高くなり、濡れた正吾の性器に西日が当たる。正吾は窓枠へ下腹を押しつけ、上半身を外へ出すと、「姐《ねえ》さん、姐さん！」と、台所にいる駿の母、千鶴を呼んだ。突き出された白い尻が、駿のほうに向いている。

すぐに台所の小窓が開いて、「なんね？」と怒鳴り返す千鶴の声がする。

「シゲの奴《やつ》、もう戻ってきたな？　戻ったら、洗濯屋行って、兄貴の背広、取ってくるよう言うてくれんかね」

正吾の怒鳴り声に、「ついでに取ってくるって、シゲちゃん、そう言うて出てったよ」と答える千鶴の声が重なる。駿は突き出された正吾の尻の後ろで洗面器にお湯を汲《く》み、目を閉じてじっと待っている悠太の頭に、そろそろとお湯をかける。

この駿が、「離れに幽霊が出る」ととつぜん言い出したのは、先春、小学校へ入学し、七歳の誕生日を迎えたばかりの頃だった。

三村の家には母屋《おもや》の裏戸から飛び石を二つ三つ渡った場所に、六畳一間の離れがある。岩の間にたんぽぽの咲く崖《がけ》に寄り添うように建てられたこの離れには、昼間でもほとんど日が差さず、千鶴の鏡台が置かれていることもあって、いつも化粧品の甘い匂《にお》いが立ち込めている。

幽霊の声を耳にしたとき、駿は離れに置かれたダブルベッドの上にちょこんと正座し、ひとりハーモニカを吹いていた。すもの飴《あめ》を口に入れたままだったので、ハーモニカを汚す涎《よだれ》も甘酸《あまず》っぱい。

「おい」

そのとき、とつぜん野太い声が出た。駿は一瞬ビクッと亀《かめ》のように首を縮め、入口の方へ目をやった。が、誰も入って来なければ、木戸が開けられる気配もない。空耳かと思った駿は、改めてハーモニカを口に咥《くわ》えた。するとまた、「おい、今日の昼めし、なに喰《く》うた?」と、北側の壁のほうから同じ野太い声がする。駿はまた首をビクッと縮め、辺りをきょろきょろと見回した。そして、誰かいるのかと試すように、「カ、カレー。カレー喰うた」と空に答えた。するとまた、「ボンカレーや?」と野太い声がする。

駿はギョッとして、思わずベッドを四つん這《ば》いで後ずさった。それでも一応、「そ、そう。ボ、ボンカレー」とは答えながら、一目散に離れから逃げ出した。

離れの北側の壁にはアラン・ドロン、クラウディア・カルディナーレ、ジョージ・チャキリス、モニカ・ヴィッティ……といった外国の映画俳優たちのポスターが、男女交互に貼《は》られてあった。駿はそのどれかが喋《しゃべ》り出したのだと思い込み、裏戸から母屋へ駆け込むと、ちょうど便所を出て手水《ちょうず》を使っていた婆《ばあ》さんの腰にしがみつき、

「幽霊!　幽霊が出た!」と叫んだのだ。

「幽霊?」

婆さんは呆《あき》れ顔で問い返した。それでも腰にしがみつく駿の頭を押し退け、最後には、「屋根裏で鼠《ねずみ》でも走ったっちゃろ」と笑い出す。

「違う！　喋ったもん。鼠は喋らん！」と駿も言い返す。

「ほう、なんて喋った？」と婆さんは益々《ますます》笑った。

「……昼めしに、なん喰うたかって」

「ほう、幽霊に昼めしのこと訊《き》かれたか？」

婆さんは「アハハ」と声を上げると、「そりゃ、哲也《てつや》が化けて出て、悪戯《いたずら》でもしたっちゃろ」と事も無げに言い、「今度、出てきたら、坊さんの代わりに『南無阿弥陀《なむあみだ》仏《ぶつ》　南無阿弥陀仏』て手合わせて拝んどけ」と、改めて手水を叩《たた》き辺りに水を散らした。

離れに幽霊が出るという駿の話を一番面白がったのが、三村の家に出入りする若い衆の頭格、正吾だった。話を耳にした正吾は、早速駿を連れて離れへ向かった。乱暴に木戸を開けて薄暗い中へ入って来ると、腰の引けた駿の細い腕を引っ張り、「どれや？　どれが喋った？」と、壁に貼られたポスターの一枚一枚に顔を寄せる。

「どら、なんか喋ってみろ」

正吾はアラン・ドロンやモニカ・ヴィッティの鼻を、その長い指で弾《はじ》いて回った。

正吾の背後で身を縮めていた駿が、「ハーモニカ吹かんと、出てこんかもしれん」と言えば、「どら、じゃあ貸してみろ」と、駿の手からハーモニカを奪い取り、「なんや、涎でべちょべちょやっか」と顔を歪《ゆが》めながらも、ドやらファやら生真面目《きまじめ》な顔で音を出す。しかし、ハーモニカを吹いたところで、幽霊の声は聴こえない。

婆さんが言うように、もしもこの離れの幽霊が、三年前十九の若さで自殺した三村の家の末息子、哲也であるならば、駿は幽霊の甥《おい》にあたる。

三村の家には爺《じい》さんと婆さんの間に五人の子があり、愚連隊上がりの長男龍彦《たつひこ》は、すでに一端《いっぱし》の組を下平の地に構えていたので、実家は次男の文治が取り仕切っている。その文治を慕い、四六時中、三村の家に入り浸っている若い衆の一人がこの正吾で、他にも見るからに争気の強い四、五人の若い男たちが入れ代わり立ち代わり顔を出しており、それら男どもとは別に、文治は奈緒《なお》という少し頭の薄い若い女も家に置いている。

三村の家には、ほかにも市内の百貨店で売り子をしている長女の一子《かずこ》がおり、そこへ、末息子の哲也が自殺した翌年、造船所の鋼板落下事故で夫を亡《な》くした次女の千鶴が、駿と悠太の手を引いて戻っている。

東京で盛大な解散式を執り行った安藤組の噂《うわさ》が、ここ九州まで流れてきたのがその数年前のことで、戦後古いやくざ組織を尻目に跋扈《ばっこ》した愚連隊が、徐々に旧来の広域組織に呑《の》み込まれることで近代やくざへと変貌《へんぼう》しようとする動きが、ここ九州の西端長崎でもすでに起こり始めている頃だった。

「なんや、なんも喋らんやっか。ほんとに哲也の幽霊やったとか?」

正吾はそう言って、ハーモニカを駿に投げ返した。

「分からん」

正吾の唾《つば》で汚れたハーモニカを袖口《そでぐち》で拭《ふ》きながら駿が首をふると、「分からんて、お前、声聴いたとやろが?」と正吾が呆れる。

「だって……その人の声、知らんもん」

駿は改めて首をふった。

狭い離れにはダブルベッドが置いてある。部屋のほとんどがベッドと言ってもいい。正吾はそのベッドに腰を降ろすと、すでに母屋へ逃げ帰ろうとしている駿の細い腕を摑《つか》んだ。

「顔も覚えとらんとや?」

正吾が駿の小さな顔を覗《のぞ》き込む。

「覚えとらん」

「おれの同級生やったっぞ」

「誰が？」

「ここで暮らしとった、その哲也さ」

「……その人、どげん人やった？」

「どげん人って……、そうなぁ、喧嘩《けんか》一つ出来んで、肝《きも》っ魂《たま》ちいそうして、なよなよしとった。だけん、我で首括《くく》って死んでしもたのやろ。お前はあげん男になるなよ、分かったや？」

　そう言って正吾が冗談半分に駿の横っ面《つら》を張る。その力に駿がふらっとよろめけば、すぐにその腕を摑み、「ほら、人に殴られたら殴り返せ」と、今度は無理やり握り拳《こぶし》をつくらせる。駿はされるがままに拳を握り、「どこを？」と口を尖《とが》らせる。

「どこをって、お前、今どこ張られた？」

「顔」

「なら、相手の顔、殴れ」

　正吾の言葉に、駿がおずおずと拳を振り上げようとすると、母屋のほうから、「駿、離れにおると？」と千鶴の声がする。駿は小さな拳を握ったまま、「おる！」と叫び返した。

トントントンと飛び石を踏む下駄《げた》の音がして、離れの木戸がガラッと開く。

「あら、正ちゃんもここにおったと？　二人ともごはんよ」

木戸の隙間《すきま》から薄化粧をした千鶴が顔を出す。

「どら、晩めしげな」

そう言うと、正吾は駿の額を指で弾いた。

「姐さん、今日の晩めし、なんな？」

そう尋ねながらベッドを立ち上がった正吾に、「なんなて、なんね？」と千鶴が呆《ほう》ける。

「いやさ、久しぶりにビフテキ喰いたかなぁて思うて」

正吾は千鶴の背中を押して離れから出ていった。あとには握り拳をつくったままの駿だけが残される。

千鶴は正吾のことを「正ちゃん」と呼んだ。それは正吾の兄貴分である文治が、酔った時にだけ使う呼び名で、逆に正吾は、酔っていようがいまいが、千鶴のことを必ず「姐さん」と呼んでいる。

「姐さん早《は》よ、兄貴に見つかったら、俺、ぶっ殺される」

そう急《せ》かされてこの離れへ引っ張り込まれる母の姿を、駿は何度も見たことがある。千鶴はいつも、「そう慌《あわ》てんと」と笑いながらも、素直に手を引かれて離れに消える。

そんな二人を駿は一度だけ追ったことがある。婆さん相手のトランプに飽き、仏壇の電灯を点《つ》けたり消したり、ぼんやりと過ごしていた午後だった。二人のあとを追って立ち上がった駿を、「行かんよ」と婆さんが呼び止めた。それでも駿は二人を追ったのだが、目の前で離れの木戸は閉められ、木戸に手をかけようとすると、内側からガチャと鍵《かぎ》が下ろされる。

「ちびすけたちが入ってくるけん、ちゃんと閉めとって」

中から千鶴の声がして、「ああ。閉めた」と答える正吾の声も聞こえた。駿は木戸を叩こうと握った拳をゆっくりと崩すしかなかった。

そのまま母屋の縁側のほうへ目をやると、日向《ひなた》であぐらをかいた爺さんが、膝《ひざ》に乗せた悠太の爪《つめ》を切っている。

その爺さんが離れの前にぼんやりと立つ駿を見つけ、「どれ、こっちに来い。お前の爪切ってやるけん」と染《し》みだらけの大きな手で招く。

「お母さん、離れにおるばい」

裸足《はだし》で縁側に駆け寄った駿は、訊かれもしないのにそう告げた。爺さんは、「ほうか」と呟《つぶや》いただけだった。

「正吾兄さんもおる」と駿は食い下がった。

「ほうか」

爺さんは、ただ悠太の小さな爪を切っていた。

「なぁ、爺ちゃん、あの離れに住んどった人、なんて名前やった？」

「お前、自分のおじさんの名前も覚えられんのか？　哲也、三村哲也」

「あのさ、その人も文治おじちゃんたちのように刺青しとった？」

「刺青？　哲也がそげんもんしとるもんか。あれは兄貴たちと違うて、馬鹿《ばか》じゃなかったけん」

「あ、人に『馬鹿』って言うたらいかんよ」

「なんで？」

「だって学校でそう言われたもん」

「馬鹿どもに馬鹿って言うて、何の悪かろか？」

「だって植田先生がそう言いよった」

駿は縁側にちょこんと座った。荒れた庭に椿《つばき》が一輪だけ落ちずに残っている。

「植田先生って、お前の学校の先生か？」

駿は爺さんにそう問われ、駿は黙って肯いた。

「じゃあ、植田先生の周りには、馬鹿どものおらんとじゃろ。ここには馬鹿ばっかりじゃもんなぁ」

爺さんの膝で、悠太は爪を切られながら、すやすやと寝息を立てている。

「どら、お前の爪も伸びとっとやろ？」

爺さんに引かれた手を、駿は素直にその膝に預けた。手のひらに爺さんの脚の骨がはっきりと感じられる。

「なぁ、爺ちゃん。あの離れに住んどった人、なんで死んだと？」

駿は柔らかい爪を切られながら、以前にも何度となくした質問をする。そして『なんでて……、哲也は、やさしかったけんなぁ、やさしゅうして、おとなしか男やったけん、死んだとやろ』というお定まりの言葉が、爺さんの口から出てくるまで繰り返し、その科白《せりふ》が出てくれば、「じゃあさ、ぼくのお父さんも、やさしゅうして、おとなしかったとやろか？」と毎回同じことを訊く。

「お前の父ちゃん？」

「だって、死んだやろ？」

「馬鹿。お前の父ちゃんは造船所の事故で死んだとたい」

自分の父親が離れで首を括った叔父さんとは似ていない、まったく別種の男だったと、駿は爺さんに言ってもらいたくて仕方がない。そう言ってもらえなければ、言ってくれるまで何度も同じ質問を繰り返す。

三村の家ではほとんど毎晩が酒盛りになる。玄関を入ってすぐの座敷に、大きな卓《ちゃ》袱《ぶ》台《だい》が二つ繋《つな》げて並べられ、若い男どもが兄貴分の文治を囲む。男たちは風《ふ》呂《ろ》上がりのさっぱりしたからだに下穿《したば》き一つであぐらをかいて、千鶴たち女どもが用意した酒や料理を賑《にぎ》やかにつまむ。

男たちの中には、正吾よりも更に若く、まだ学ランのほうが似合いそうな少年も混じっているが、そんな彼らの背中から上膊《じょうはく》にも、昇龍《のぼりりゅう》、牡丹《ぼたん》、大蛇などの筋彫りが浮かび、座敷の三方に置かれた扇風機が、そんな若い肌の熱をさますように風を送っている。

「姐《ねえ》さん、ビール」

「姐さん、こっちにも皿」

騒がしい男どもと台所の間を、千鶴たち女どもが忙しく行き来する。

この光景を外から覗き見るだけの近所の人たちには、人面獣心の輩《やから》どもの荒々しい宴会にしか見えないだろうが、実際には、兄貴分文治の性格もあって、三村の家での酒盛りは陽気で笑いが絶えることがない。

まだ幼い駿と悠太は、格好こそ座敷の男どもと同じ白い下着姿だが、男どもが騒ぐ座敷からは離されて、いつも子供二人、台所で食事をとらされている。ただ、場所を離されたところで、座敷で交される下品な会話や笑い声は筒抜けで、ちょっとそちらへ顔を向ければ、意匠を凝らした男どもの刺青《いれずみ》が踊り、酒に赤らんだ風呂上がりのからだが群れている。

男どもの刺青を見ていると、ときどき駿は、自分や悠太のからだにも、大人になればああいった模様や色が自然に浮き出てくるのではないかと思うことがある。そしてもし浮き出てくるのならば、どんな図柄がいいだろうかと知らず知らずに考えている。

台所の床に置かれた小さな膳《ぜん》で、駿が小鯛《こだい》の身をほじっていると、非番で珍しくうちにいた長女の一子が、皿を取りに台所へ顔を出し、「あんたら、ちゃんとお代わりして食べなさいよ」と駿と悠太の頭を交互に撫《な》でる。

一子と千鶴はそっくりで、二人枕《まくら》を並べて寝ているときなど、駿は見間違えて、一子のほうを揺り起こし、「お母さん、夢見てしもた」とその布団《ふとん》にもぐり込むことがある。

「一子おばちゃん、コーラ飲んでよか？」

駿は出て行こうとする一子を呼び止めた。

「ごはんのときは、水かお茶にしなさいよ」

そう言って一子が台所を出て行くと、「おう、お前、ホステスになりたかって？」と、座敷の中央から兄の文治が声をかける。でっぷりと太った文治の声は、その体格に似て重く響く。一子が男たちの前に小皿を並べながら、「ただ、デパートの売り子しとっても貯金もできんて言うただけよ」と笑うと、「金貯《た》めて、なんすっとや？」と文治が訊《き》き返す。

「ここから出て行くったい。いつまでも兄ちゃんらの女中なんかしとられん」

一子の言葉に、その場にいる男どもがどっと笑い、文治は文治で、「よし、じゃあ辞めて、おれが面倒みとる店でホステスになれ」と興に乗る。

「うわぁ、姐さんがおるなら、俺、毎日通うばい」

まだニキビ面の少年が合いの手を入れ、「お前はまだ、小便するときにしか使わんやろが！」と、横から酔った正吾がその少年の頭をはたく。

「おう、一子、明日からでも使うてやるぞ。乳やケツ、ちょろっと触らせてウン万円やっか」

文治がますます話を煽《あお》ろうとすると、座敷の奥、仏壇間の襖《ふすま》がガラッと開いて、ぬっと顔を出した浴衣《ゆかた》姿の婆《ばあ》さんが、「実の妹、そげん店で働かせる兄貴があるもんか！」と真顔で怒鳴る。

「そんなら、婆さんが代わりに働くか？」

そう言い返した文治の言葉に、「おっかさんにお酌されても旨《うも》うないな」と正吾が笑い、ほかの男どもも遠慮がちに笑いを漏らす。

男どもの酒盛りに、婆さんが口を挟むことはあっても、一緒に仏壇間にいるはずの爺《じい》さんが、座敷の話に加わってくることはない。それどころか、爺さんは文治の弟分たちの誰とも話をしない。広い家でもないので、日がな一日、家の中でぶらぶらしている者同士、顔を合わせないはずもないのだが、便所の前ですれ違おうが、同じ座敷の端と端とで昼寝をしていようが、まるで柱一本そこに立っているようにしか男たちを見ないのだ。もちろん男たちのほうから、爺さんに挨拶《あいさつ》をすることはあるのだが、それでも爺さんはただちらっと睨《にら》み返すだけで、うんともすんとも返事をしない。

いつの間にか、台所の駿と悠太の横に、エプロン姿の奈緒がちょこんと座り、悠太のために小鯛の煮物を箸《はし》でほぐしてやっていた。座敷ではまだホステスの話が続いている。座敷でキャバレーやホステスの話が出てくると、奈緒は必ず駿たちのいる台所へ逃げてくる。そして頼みもしないのに、煮魚の身をほぐしてくれたり、海老《えび》の殻を剝《む》いてくれる。

三村の家へ文治に連れて来られる前、奈緒は「オール美人スタンドバー」と銘打った市内のキャバレーでホステスをやっていたという。何をやるにも覇気がなく、千鶴に頼まれた夕飯の使いさえまともに買ってこれたためしがない。一子などはもう何年も一緒に暮らしていながら、相変わらず奈緒のことを「鴨井《かもい》さん」と名字で呼ぶし、さすがに面倒見のよい千鶴からも、「奈緒ちゃん、もちっとシャキッとせんといかんよ」などとときどき癇癪《かんしゃく》を起こされる。それでも奈緒は、どこかおどおどしたその瞳《ひとみ》で、「姐さん、姐さん」と日ごろから千鶴のことだけは慕っている。

文治が家に連れて来たとき、奈緒はまだ十九だった。

奈緒には身寄りがないと、駿は千鶴から聞かされていた。やさしくしてあげなさいとも言われている。ただ、何をどうやれば人にやさしくできるのかが分からない。ときどき駿は、台所へ逃げてきた奈緒に、「早う、あっちに帰れ」と乱暴な口をきいてしまうことがあり、そう言うと、奈緒は少しだけ悔しそうな顔をして、それでも黙って座敷に戻る。

酒のすすんだ座敷では、文治の昔話が始まっている。「いやらしかねぇ、兄ちゃんは」と呆《あき》れながらも、ケラケラと笑っている千鶴の声がして、「いや、ほんとの話ぞ」と文治が声を張れば、「いやらしか」とまた千鶴が笑う。

「兄さん、船乗りやったんですか？」

ここ最近出入りするようになった新顔の少年が、ひどく感心してそう尋ね、「外国航路ですか？」と声をひっくり返すと、「おうさ。台湾辺りからずっと南に下りて、シンガポールの辺まで行きよったなぁ」と答える文治に、「で、兄さん、さっきの話、どこの娼館《しょうかん》でね？」と正吾が話を蒸し返す。

「どこって……シンガポールやったか、フィリピンやったか……、とにかく、こっちは中学出てすぐのガリコーやろが、先輩船乗りに『外人女のあそこは横に割れとる』って言われれば、『へぇ、そうかぁ。外人女のあそこは横割れかぁ……』ってなもんで、いざ女買《こ》うて、部屋に連れ込んでみたら、なんや、ちゃんと縦に割れとるやっか。こりゃニセモノ摑《つか》まされたぞって、それこそ猿股《さるまた》一丁で廊下に飛び出して、『あのおなご、縦に割れとるやっか。本物の外人女に変えてくれ！』て、ババア女将《おかみ》の胸倉摑んだら、二階から覗《のぞ》いとった先輩らが大笑いさ」

座敷の男どもが、文治の話に腹を抱えて笑っているころ、台所でも、話の意味さえ分からぬくせに、駿が座敷の男どもを真似《まね》て、腹を抱えて転げ回る。座敷からは扇風機の生あったかい風が吹いてくる。

男どもの哄笑《こうしよう》が一段落ついた座敷では、「兄さん、予科練上がりじゃなかったとね？」「その女、白人ね？」「じゃあ兄さんの筆下ろしは外人女たい」と、大皿に盛られた料理に箸を突っ込みながら、若い男どもが口々に質問を浴びせかけている。重なるいろんな声に、皿のぶつかる音まで加わる。

「ちょ、ちょっと待て！　質問のあるもんは、手ぇ挙げろ」

ざわついた周囲を両手で制した文治が、おどけた調子でそう告げると、膳を囲んだ男どもも、まるで小学生にでも戻ったふりをして、「ハイ！」「ハイ！」とあちこちで手を挙げる。「あ〜、あほくさ」と呆れる千鶴や一子をよそに、「よし、シゲ、まずはお前からじゃ」と文治が指を差せば、「ハイッ」とのぼせて立ち上がった若者が、「兄さんは、その女が初めてやったんでしょうか！」と直立不動で大声を出し、「馬鹿こけ、俺は十三の頃から女こましとったぞ」と文治が笑う。

「もうお前ん年には百人斬《ぎ》りじゃ。爆弾の落ちてきた時も、旦那《だんな》が飛行兵やった女と布団の中で乳繰りおうとって、街ん方でドーンて鳴ったときにゃ、女の旦那がとち狂うて戦闘機で突っ込んできたかと思うて、布団から飛び上がったもんさ」

「それ、どこの女房な？」

身振り手振りを交えて話す文治に、正吾が横から口を挟めば、「いくつぐらいの女ですか？」「そん頃から兄さん、人の女房が好きやったばいな」などと、また次々と質問が出て、「おら、喋《しゃべ》る奴《やつ》は、ちゃんと手ぇ挙げろ！」と文治が慌《あわ》てて制す。するとまた、「ハイ！」「ハイ！」とふざけて男どもが手を挙げる。

空いたビール瓶を盆に載せ、「あ〜、あほくさ」と立ち上がった千鶴が、男どもの間を縫って台所へやってくる。口とは裏腹に、千鶴の表情は座敷での笑いを引き摺《ず》っているのだが、それでも一応、母を見上げる駿や悠太には、「ちゃんと食べたね？」と険しい顔をしてみせる。

千鶴が息子たちの横に腰をおろし、食べ残したひじきや干物を悠太の口に箸で突っ込み始めると、奈緒がまた台所へやってきて、「姐さん、鯨の残っとったろ？　私、出すの忘れとった」と尻《しり》を突き出し、冷蔵庫の中を覗き込む。

「生のままで出してよかやろか？」

奈緒は冷蔵庫の奥から紙包みを取り出すと、俎板《まないた》に鯨肉をぼとっと置いた。

じっと奈緒の尻を眺めていた駿は、「お母さん、生って何？」と千鶴に尋ねる。悠太の口元についた米粒を自分で食べながら、「生っていうのは、焼いたり煮たりしとらんもんたい」と千鶴が駿に教える。白い脂肉《あぶらにく》を赤い皮が包む鯨のベーコンを、奈緒が俎板で薄く切っていく。

「じゃあ、ぼくも生？」

そう尋ねた駿を、千鶴と奈緒が同時に見る。そして顔を見合わせて、「アハハ」と声を上げて笑い出す。

「そりゃそうさ。あんたは焼いたり煮たりされとらんやろ？」

千鶴が笑いながら答えると、肉を切る手を休めた奈緒も、「そうよ。駿ちゃんは生よ」と包丁を持った手で口を押さえて笑い出す。

「じゃあ、お母さんも奈緒ちゃんも？」

二人に笑われ、駿は口を尖《とが》らせる。

「そりゃそうさ。お母さんも奈緒ちゃんも、爺ちゃんも婆ちゃんも、向こうにおるおじちゃんたちもみんな生よ」

千鶴は無理に真面目《まじめ》な顔を作って教えた。「ふーん」と分かったような分からないような返事を駿がすれば、鯨肉を皿に盛った奈緒が、「駿ちゃん、人間はみんな生よ」

と真顔で言い、騒がしい男たちが待つ座敷へ戻る。

千鶴が少しでも台所に長居をしていると、必ず誰かが呼びにくる。

「姐さん、なんしよっと?」

「姐さん、こっち来て呑《の》まんね」

千鶴は、「はいはい」と面倒そうに返事をし、駿と悠太の頭を交互に撫でて、すっと立って座敷へ戻る。

窓を開けていても、火を使っていた台所は暑く、正座した駿の脛《すね》は汗ばんで、ビニール張りの床をつるつる滑る。便所に立っていた正吾が戻り際《ぎわ》、ふと台所を覗き込み、「坊主《ぼうず》ら、アイスクリーム買うてやろか?」と声をかけてくる。

すでに食べるのに飽き、コップの水を箸で掻《か》き回していた駿は、「うん」とすぐに立ち上がる。座敷に出れば、酒と、男どもの汗の匂《にお》いと、千鶴たち女どもの化粧の匂いが、扇風機の風でぐちゃぐちゃになっている。

「ちゃんと食べたね?」

そう訊く千鶴に、駿は「うん」と背中で答え、玄関で文治の大きな草履をつっかける。すでに正吾は悠太を抱いて外へ出ている。

月に照らされた急な石段をおりたところに駄菓子屋がある。悠太を小脇《こわき》に抱えた正吾は、その石段を先に大股でおり、大きな草履を履いた駿がペタペタとそのあとを追う。急げば急ぐほど駿の小さな足は草履の先に飛び出してしまい、まるで舌のように地面を舐《な》める。石段の途中で振り返った正吾が、「今はアイスで喜んどるばってん、すぐにトルコ連れていけ、女買うてくれって言い出すとやろなぁ」と機嫌良く笑い、その声が暗く急な石段に響く。

悠太を抱えた正吾の脇腹には、肉を抉《えぐ》ったような火傷《やけど》の痕《あと》がある。夜道では、背中の緋鯉《ひごい》を呑み込む炎のように見えなくもない。この火傷痕は正吾が生後間もなくの頃に落ちた爆弾のせいだと駿は聞かされている。駿の学校の教頭先生も、それと同じ理由で両耳が焼け爛《ただ》れたままで、担任の植田先生からは、「じっと見たら駄目よ」と何度も注意されている。

駄菓子屋のガラス戸を乱暴に開けた正吾は、ケースの中からソーダ味のアイスを五つ六つ取り出すと、奥からのんびりと障子を開けて出てきた店の婆さんに、「釣りはいらんぞ」と五百円札を突き出し、やっと店に辿《たど》り着いた駿の頭をポンと叩《たた》くと、「おら、もう買うた。帰るぞ」と店の外へ押し出した。

それでも駿は正吾の腕をすり抜けて店へ入る。棚の上の銀玉鉄砲はまだ売れずに残っている。三つ並んだ型の違う鉄砲を見比べていると、奥の座敷から顔を出した店の爺さんが、「チンピラが、彫りもん見せびらかして粋《いき》がっとる」と、吐き捨てるように言うのが聞こえる。悠太を抱えた下穿《したば》き一つの正吾は、店の外、すでに石段をのぼり始めている。正吾の背中が青い月に照らされている。アイスクリーム用の冷蔵庫に隠れた駿の姿は、店の爺さんや婆さんには見えていない。

「三村の馬鹿《ばか》どもに、なん言うたって一緒よ。ほっとけほっとけ」

そう言って五百円札をレジに入れる婆さんに見つからないように、駿は店の外へ逃げ出した。

この駄菓子屋で、駿は前にも同じような会話を耳にしたことがある。悠太と一緒に飴籤《あめくじ》を引いていたときのことで、そこへ切手を買いにきた見知らぬおばさんが、「あら、こん子らね？　三村んとこに戻ってきた娘さんの息子たちは？」と、店の婆さんに訊《き》いたのだ。

店の婆さんは棚の上から切手の入った箱をおろしながら、「そうやろ。見かけん子らやもん」と答え、無理に伸ばした腰を何度も摩《さす》っていた。

「三村の家は何人兄弟やったかねぇ」

切手を買いに来たおばさんが訊く。

「あそこは上から、男男女女男の五人。こん子らの母親が下の娘で、上の娘はまぁだ結婚もせんで家におる」

「実家に残っとるのが次男やったろ？　次男より下平におる長男が悪かとやもんねぇ」

「下平に住んどる兄貴に比べりゃ、家に残っとる次男坊なんか、ただのチンピラさ。上の兄貴が大将で、次男坊はその子分。兄貴の代わりに刑務所入って、兄貴の代わりに指つめて、その代わり、毎日遊んで暮らしとる」

そう言いながら店の婆さんは、老眼鏡をずらして切手を千切った。駿は二人の会話が聞えていないふりをして、もたもたする悠太に早く籤を引けとせっついた。

「下平って言えば、バス停の先から大きな道が通ったろ？　あれもその三村の長男が県会議員かなんかに無理言うて造らせたって話よ」

そう言ったのは、切手を買いに来たおばさんだった。

「ほうさ。己の家まで車が入るように、飯田《いいだ》の婆さんちの家も畑も、なんもかんも、ぶっ潰《つぶ》して、無茶苦茶しとる」

「……そういや、何年か前に、末の息子が自殺したろ？　その息子も悪かったとね？」

見知らぬおばさんの口から、「末の息子」という言葉が出た途端、駿はちらっと二人の方へ目を向けた。

「いやぁ、末息子だけはおとなしかった」

店の婆さんが昔を思い出すように言う。

「あんまり外にも出らんで、家に閉じ籠《こも》って絵ばっかり描いとったげな」

「絵描きさんやったと?」

「いやぁ、売れる絵じゃないやろ。刺青《いれずみ》のある男の裸ばっかり描いとったって。ほら、あそこの家には、裸の男なら腐るほどおるやろが」

店の婆さんは歯のない口を開いて「ガハハ」と笑った。

「なんで自殺しなったと?」

「ノイローゼげな。ノイローゼ。三村の婆さんも一番まともな息子に死なれて、がっくりさ」

駿は終わりそうにない二人の会話の中、悠太の手を引いて店を出た。うしろから店の婆さんに、「ハズレね?」と訊かれ、「うん、ハズレ。もう飴もろた」と嘘《うそ》をつき、くしゃくしゃにした籤を石段脇の溝に捨てた。

投げ捨てた籤には、「もう一回」と書かれてあった。

しばらく暗い石段に腰かけていた駿は、駄菓子屋のカーテンが閉められるのを見ると、すっと立ち上がり、草履が脱げないように用心深く石段を上り始めた。三村の家までのぼり切れば、いつの間に着替えたのか、さっきまで座敷で騒いでいた男たちが、一様に白い背広を着込み、玄関先で文治や正吾が出てくるのを待っている。男たちの中には正吾が買ってきたソーダ味のアイスを口に咥《くわ》えた者もいる。

これから男たちはタクシーに乗り込んで、夜の繁華街へと繰り出し、駿や悠太がぐっすりと寝込んでいる一時近くまで帰ってこない。

駿は男たちの間をすり抜け、玄関へ入る。座敷では手分けして卓袱台《ちゃぶだい》を片付ける千鶴たちが忙《せわ》しなく立ち動き、座敷の奥では鏡に向かった正吾が、たっぷりと櫛《くし》につけたポマードを黒光りする髪に塗りつけている。

駿は奈緒からアイスクリームを手渡されると、襖《ふすま》を開けて仏壇間に入った。すでに敷かれた二組の布団《ふとん》の上で、婆《ばあ》さんは本を読み、爺《じい》さんは銀煙管《ぎせる》に刻みたばこをつめている。アイスクリームを舐めながら、駿は婆さんの布団に寝転んだ。

男どもが街へ出て行くと、今度は順番に女たちが風呂《ふろ》に入る。宵っ張りの千鶴は、風呂から出てもすぐに布団には入らず、男どもの姿が消えた座敷で、ちびりちびりとひとり酒を呑み、町内の静かな夜を乱して戻ってくる男どもの靴音を待っていることが多い。男たちは見知らぬ女を連れて帰ることもある。酒に酔い、ふらふらした男や女は、爺さんと婆さんが寝ている仏壇間をがやがやと通り抜け、奥の部屋へと姿を消す。

いつの間にか駿は婆さんの布団で眠り込んでいたらしく、ふと横の布団から聞こえた爺さんの怒鳴り声で目を覚ました。襖の向こうの座敷では、風呂上がりの千鶴がまだ酒を呑んでいるようだった。爺さんと千鶴が、襖越しに話をしている。

爺さんがなんと怒鳴ったのか、寝惚《ねぼ》けた駿には分からなかったが、すぐに襖の向こうから千鶴の気弱な声がする。

「父ちゃんはそう言うけど……、でも、考えてもみてよ、言うてしまえば、ここに戻ってからの生活費だって全部世話になっとるとよ。駿のランドセル代だって給食費だって全部、龍彦兄ちゃんに出してもろうとる……」

自分のランドセルが話題になっていることを知り、駿は寝惚けた眼を手で擦《こす》った。

「だけんて、龍彦に金渡すことはならん！」

隣の布団から、痰《たん》のからんだ爺さんの声が響く。

「だって……、父ちゃんはそう言うけど……」

「なんでお前の亭主におりた保険金、兄貴に全部渡す道理がある？　どうせ龍彦のことたい、見栄《みえ》張るための呑み代に使われるとが落ちぞ」

「そう言うけど……、龍彦兄ちゃんの会社の為《ため》やないね」

「なんが会社か！　チンピラ集めて、人様に迷惑かけとるだけじゃろが。お前も、自分の兄貴らが、どげん事して生きとるか知らんほど馬鹿じゃないやろが！　この前も口から泡吹いて死にかけた飲み屋の女、そのアパートまで世話に行って、泣いて帰ってきたのはお前やろが」

爺さんが腹立ち紛れに布団を引っかぶるのが駿には分かった。

「千鶴ぅ」と呼ぶ婆さんの声が、同じ布団の中からする。

「断っても、どうせ無理矢理もってくぞ。黙って渡してしまえ」

婆さんの忠告に、襖の向こうの千鶴は何も答えない。

「龍彦も鬼じゃない。まさか実の妹とその息子たち、おっぽり出すことまではせん」

「……兄ちゃんのとこ、やっぱり谷口の組に取り込まれるとやろか？　あそこは兄ちゃんのところと違うて、昔っからの大きな組やけん、ちゃんと取り込んでもらえればよかけど……」

襖の向こうから聞こえる千鶴の声に、言葉を繋《つな》ぐ者はいない。風呂場からはまだ水音が聞えていた。湯を浴びているのは一子か奈緒か、男たちの汗やポマードで汚れたお湯が、タイルの上を排水口へ流れていく。駿の耳に、その水音がだんだんと遠くなる。

その夜、婆さんの布団で寝付いてしまった駿は、夜中、ぐでんぐでんになって帰宅した文治に、もう一度叩き起こされた。

文治の横には般若《はんにゃ》のような化粧をし、髪を高く結い上げた女がいた。男どものうち、一緒に戻ってきたのは正吾だけらしかった。奥の部屋へ向かう途中、婆さんの横で寝息を立てている駿を見つけた文治は、「駿、起きろ。おら、甘栗《あまぐり》、買《こ》うてきてやったぞ」と機嫌の良い声を出し、寝惚けて目を擦る駿の口に、その場で女に剝《む》かせた天津《てんしん》甘栗を二つも三つも突っ込んだ。

「喉《のど》つまらせるやろが！」と注意する婆さんの横で、般若のような化粧をした女が、「ねぇ、この子、兄さんの息子？」と甘えた声を出していた。

文治は駿が食べるのを見て満足すると、奈緒が寝ている奥の部屋へ、その女の肩を抱いて入った。

小学校で、駿は梨花《りか》という女の子と机を並べている。梨花は、休み時間、駿がハーモニカを吹けば自分も横で吹き、グラウンドへ縄跳びに行けば慌《あわ》ててそのあとを追ってきた。あるとき駿は、「俺の女になるや？」と梨花に訊いた。二人中庭で縄跳びの練習をしているときだった。最初きょとんとした梨花だったが、それでも意味を解したらしく素直にコクリと肯《うなず》いた。

駿は回していた縄をとめ、「よし、じゃあこれで打たれても泣かんやったら、俺の女にしてやる」と言うと、二本に纏《まと》めた縄で、鞭《むち》のように梨花の脹《ふく》ら脛《はぎ》を打ちつけた。もちろん梨花は猫のような悲鳴を上げた。しかし、かかしのように一本足で立ったまま、その痛みをぐっと堪えた。

始業のチャイムが鳴り、教室へ戻る廊下で、「これで梨花、もう駿くんの女やろ？泣かんやったもん」と訊く。前を歩いていた駿は振り返りもせず、「まだあれだけじゃ足らん」と冷たく答えた。

授業中、机の下で駿が梨花の太股《ふともも》をつねるようになったのはその日からだった。三日もすると、梨花の太股には青痣《あおあざ》ができた。それでも駿はやめなかった。歯を食いしばって痛みに耐える梨花の太股を、先生が目を離した隙《すき》につねり続けたのだ。ときどきあまりにも梨花が顔を歪《ゆが》めるので、「痛かったら、もうやめてやろか？」とおずおずと声をかけたこともある。しかし梨花は必死に歯を食いしばり、「私、絶対に泣かんもん！」と挑戦的な目を向けていた。

駿が初めて梨花を離れへ連れてきたのは、夏休みが終わったばかりの頃だった。互いに黒と赤のランドセルを背負って県道をのぼって来ると、「貸おしぼり」と書かれたトラックが停まり、その運転席でシゲと呼ばれている若者がコーラをラッパ飲みしていた。

二人が石段を下り始めると、「おう、今帰りや？」とシゲが声をかけてくる。駿は振り向かずに肯いた。しかし、「コーラ買うてやろか？」とシゲに言われ、駿と梨花は石段で足を止めた。

シゲが買ってくれたコーラはあまり冷えていなかった。駄菓子屋の店先で飲んでいると、段ボール箱を抱えた男たちが降りてきて、「そんで全部や？」とゲップ混じりに訊いたシゲに、「なんやその口のききかたは？」と表情を険しくしながらも、「そう。これで全部」と一応答える。シゲはその年配の男たちに段ボールをトラックに積むように指示を出し、残っていたコーラを一気に飲み干すと、そのまま石段を駆け上がっていった。

しばらくすると、年配の男たちがまた降りてきた。二人とも駿が見たことのない顔だった。男たちは首にかけたタオルで汗を拭《ふ》き、「これがカタギの商売や?」「こうなったら三村の大将も終わりぞ」などと言いながら、駄菓子屋のケースからサイダーを出し、喉を鳴らして飲み始めた。男たちの首筋には、蜜《みつ》のような汗が流れていた。

駿は空き瓶を婆さんに返すと、梨花の手を引いて石段をのぼった。三村の家の前では、炎天下の中、半裸の男たちがキャッチボールをしていた。駿と梨花がそのボールの下をくぐり抜けようとすると、「おう、今、入らん方がよかぞ」と地べたに座っているニキビ面《づら》の若者が言う。その瞬間、家の中から奈緒の悲鳴と共に、「兄ちゃん、もうやめて!」と叫ぶ千鶴の声が聞こえる。襖が蹴破《けやぶ》られる音、畳の上を何かが引き摺《ず》られる音、そこにまるで幼児のような奈緒の泣き声が重なっている。

何食わぬ顔でキャッチボールを続ける男たちも、ときどき胸くそ悪そうに足元に唾《つば》を吐いていた。見なくとも、駿には座敷の光景がはっきりと見えた。長い髪の毛を摑《つか》まれ、青畳の上を引き摺り回される無抵抗な奈緒。文治の腰にしがみつき必死に止めようとする千鶴。「やめろ文治!」と口だけでしか抗議しない仏壇間の婆さん。必ずどこかへ姿を消してしまう爺さん。そして縁側で、ただ泣いている弟の悠太。

駿は座敷からの罵声《ばせい》に脅《おび》えている梨花の手を取ると、玄関脇《わき》を走り抜けて離れへ向かった。そして何事もなかったかのように、「うちの離れ、幽霊が出るとよ」と梨花に笑いかけた。「幽霊」と聞いて、梨花が足を止める。

「大丈夫。なんも悪させん。もし出てきたら、こうやって手合わせて『南無阿弥陀仏《なむあみだぶつ》南無阿弥陀仏』って、坊さんの代わりに拝むだけ」

駿は改めて梨花の手を引っ張った。

縁側にある庭を通り抜ければ、座敷での騒ぎは聞こえなくなる。駿は離れの木戸を開け、気味悪がって入ろうとしない梨花の赤いランドセルを押した。日の差さない離れの中は、夏でもゾッとするほど、暗く、ひんやりしている。

中へ入ってきた駿は、蛍光灯の紐《ひも》を引っ張ろうとダブルベッドに飛び乗った。と、とつぜん足元で何かがグラッと動き、「な、なんや？」とうめく男の声がする。駿はとうとう幽霊が姿を現したのだと思い、ギャッと叫んでベッドの上でひっくり返った。

点滅する蛍光灯の下、タオルケットの中にあったのは、毛虫のように丸まった正吾のからだだった。駿は足元で動いたのが正吾だと分かると、「フー」と大仰に息を吐き、「ここで梨花ちゃんと遊んでよか？」と尋ねた。正吾が面倒臭そうにタオルケットから顔を出し、「誰や、梨花て？」と訊《き》きながら、入口にぽかんと突っ立っている女の子に目を向ける。とつぜん目を向けられた梨花は、正吾の肩口に彫られた刺青をじっと見ている。そして躾《しつけ》の厳しい家庭で育てられた娘らしく、「徳永梨花です。こんにちは」ときちんと頭を下げて挨拶《あいさつ》をする。

「徳永て、あそこの徳永病院の娘や？」

正吾が寝返りを打ちながらそう尋ねると、梨花はどこか誇らしげに「はい」と肯いた。正吾は、「ほう」と意味ありげに唸《うな》り、足元でまだひっくり返っている駿に、「奈緒ちゃん、まだ泣きよったや？」と訊く。

駿は黙って肯いた。

「ほうや、まだや……」

正吾はうんざりしたように顔を歪め、「兄貴には惚《ほ》れとるばってん、女殴る時の兄貴は見とられんもんなぁ」と呟《つぶや》くと、ひっくり返ったままの駿を、ランドセルごとベッドの下に蹴り落とす。

正吾の命令で部屋の電気は消したままだった。駿と梨花は暗い部屋の床で、粘土をこねて遊んだ。しばらくの間、顔を寄せ合い、こそこそと喋《しゃべ》りながら、手元の粘土を小さく千切り、蛇や魚の形にしていると、「そこで何しよる？」と正吾が声をかけてくる。

「粘土」

駿はうつ伏せのまま、床で答えた。

「二人とも、ちょっとこっちに来い」

正吾の呼び声に、二人は素直に粘土を置いて立ち上がった。

「按摩《あんま》してくれんや？　いつも爺さんにしてやりよろうが」

正吾はそう言うが早いか、ベッドの上でうつ伏せになり、「今、遊びよるけん、いや」と拒む駿の腕を、乱暴に引っ張った。駿は仕方なくベッドへ上がり、いつも爺さんにしてやるように、ゆっくりと正吾の背中に乗った。背中から腰へ、腰から太股の裏へと、まるで平均台の上を歩くように、よろよろと進む。その様子を梨花がベッドの下から見上げ笑っている。駿が手招きすると、梨花もベッドへ上がってきて、ふらふらする駿の手をとり、正吾の太股から背中の方へ自分も一緒になって歩き出す。一歩踏み出すごとにバランスを崩して倒れそうになる駿を、梨花は、「キャッ、キャッ」と声を上げながらも、うまく支えた。

「よし、今度は足のほう揉《も》め」

そう言って正吾がさっと仰向《あおむ》けになる。その反動で、背中から振り落とされた駿が、梨花の上に倒れこみ、二人もつれ合いながらベッドの上で尻《しり》もちをつく。

駿と梨花は、正吾を挟んで向かい合い、左右の脚をそれぞれ言われた通りに揉み始めた。「あの、電気つけてもいいですか?」と梨花が尋ね、「ああ、つけろ」と正吾が答える。

蛍光灯の下、駿たちが踏んだタオルケットが乱れていた。

唯一《ゆいいつ》身につけていた下穿《したば》きを、正吾がさっと下したのはそのときだった。勃起《ぼっき》していた。正吾は、きょとんとする駿と梨花の手を同時に摑み、それを握らせようと引っ張った。

その瞬間、母屋《おもや》のほうから泣き叫ぶ奈緒の声が聞こえる。駿は慌てて振り返ったのだが、離れまでは聞えてくるはずのない声だった。それなのに、「許してぇ、許してぇ」と泣きじゃくる奈緒の声が聞えてくる。駿は頭を振って、声が聞こえなくなるのを待った。目の前では、梨花の小さな手が、なんの躊躇《ためら》いもなく正吾の性器を握っている。ときどき、硬い正吾の性器がその小さな手のなかでビクンと震える。

「駿、なんも考えるな」

そのときだった。また野太い声がした。駿はハッと振り向いた。しかし壁にはアラン・ドロンのポスターがあるだけだ。駿は梨花に目を向けた。

『梨花ちゃんにも聞こえた? 今の声。幽霊の声がしたろ?』

心の中で尋ねてみるが、梨花は顔も上げず、まるで粘土でも捏《こ》ねるように、熱心に正吾の性器を揉んでいる。

「なんも考えるな。なんも考えんやったら、奈緒の声は聞えてこん」

また野太い声がする。駿はもう一度振り返り、アラン・ドロンのポスターを見る。

正吾の手が、駿の手首を摑んでいた。まるで万力で小枝を折るような力だった。駿は、引かれるままに正吾の性器に手を伸ばした。梨花を真似《まね》てぎゅっと握ると、ビクンと刀のように身を反らした正吾が、「もっとやさしゅう握らんか！」と怒鳴る。

梨花が無邪気に微笑《ほほえ》んでくる。

二人の小さな手が正吾の性器を握り、太股へ移動して、また性器の付け根へ戻る。まるで小さな四匹の蟹《かに》が、岩場の波から逃れるように、あっちへ走り、こっちで隠れる。

# タローと炭酸水

一年上級の石倉に肩を押され、駿は冷たい鉄扉《てっぴ》に背中をぶつけた。小学校の体育館には、生徒たちが練習するドリブルの音に混じって、床をこするバスケットシューズの「キュッ、キュッ」という音が反響している。天井ではさっき誰かがふざけて投げたボールが見事に命中したライトが、今にも落ちてきそうにゆらゆらと揺れている。

「なぁ、なんや、そのツラ」

石倉に改めてユニフォームの胸倉をつかまれて、駿は黙って下を向く。六年で副キャプテンの石倉の背番号は5番、鉄扉に押しつけられて見えないが、五年でまだ補欠の駿の背中には42番がついている。

「なんで俺の言うことがきけん？」

そう言って石倉が無理やりに顎《あご》をつかむ。が、駿は頑《かたく》なに顔をあげない。体育館の隅で何かが起こっていることに気づきはじめた生徒たちが、次々にドリブルやパスの練習をやめ、館内から少しずつ音が消えてゆく。

「なぁ、なんで俺の言うとおりにできん？」

石倉に髪を摑《つか》まれ、駿は後頭部を鉄扉にぶつけた。鈍い音が後頭部に響く。小走りに、あるいはドリブルをしながら上級生たちが集まってくる。駿はいっそう下を向き、今にも紐《ひも》がほどけそうな自分のバスケットシューズに視線を落とす。

「なんや、どうした？」

石倉と同じ六年のキャプテンがふたりのあいだに割って入り、駿の髪をつかんだままの石倉の手を、無理やり引き離そうとする。

「俺がパン買《こ》うてこいって言うたのに、こいつ行こうとせん」

石倉とキャプテンが引っ張り合うせいで、髪をつかまれた駿の頭が左右に大きくゆさぶられ、ときどきゴッッと鉄扉に当たる。

「ほら、練習はじめるぞ」

キャプテンはそう言うと、駿の髪をつかむ石倉の手を強く引っ張った。今度は素直に手を放した石倉が、キャプテンにうながされて歩き出す。と、そこから五、六歩離れた所で足を止めた石倉がとつぜん振り返り、小脇《こわき》に抱えていたバスケットボールを駿めがけて投げつけた。

ボールはわずかに駿の顔面を外れ、右耳をかすって鉄扉に当たった。ボールのかすった右耳が、一瞬冷たく、そしてすぐに熱くなる。鉄扉で跳ね返り、床でバウンドしたボールを石倉がさっと摑み、また投げる真似《まね》をする。その瞬間、ビクッと亀《かめ》のように首を縮めた駿を見て、「へっ、ビビッとる」と石倉は笑う。

駿はゆっくりと顔をあげ、正面に立つ石倉へ目を向けた。早く終ればいいのにと心で思う。

「なんや、そのツラ！」

石倉がまたボールを投げつける。駿は思わず目を閉じて、自分の顔面をまたわずかに逸《そ》れたボールが、鉄扉に当たる振動をその小さな背中で感じる。石倉は何度もボールを拾っては投げ、拾っては投げてきた。一回投げるごとに一歩ずつ近づいてくる。背中に伝わってくる衝撃が、一球ごとに強くなる。

「ほら、もうやめろ」

止めるキャプテンの声が聞こえ、「三村の家、やくざぞ」と囁《ささや》く誰かの声が、かたく目を閉じた駿の耳まで届く。石倉がその声でピタッと投げるのをやめる。おそるおそる駿が目をあければ、すぐそこに石倉の小さく盛り上がった咽仏《のどぼとけ》がある。その瞬間のだった。

「やくざがなんや！」と叫んだ石倉が、ボールを駿の顔面にグシャッと押しつけたのだ。

「あっ」とどこかで誰かの声が漏れた。一瞬にして辺りから音が消えていく。駿はたまらず顔を押さえて蹲《うずくま》った。同級生が何人か、そばに駆けよってくる。駿は肩に手が置かれ、「駿、だ、大丈夫や？」と声をかけてきたのは、同じクラスの智《とも》也《や》だったが、あまりの痛みに声が出せず、駿は黙って肯《うなず》いた。

体育館の反対側から入ってきた顧問の先生が吹くホイッスルが鳴り、「みんな、集合！」と明るい声が響く。生徒たちはちらちらと駿のほうを振り返りながらも、先生のもとへ駆けよってゆく。

鉄扉の前に蹲り、やっと顔をあげた駿を見て、「あ、鼻血」と智也が眉《まゆ》をひそめた。駿はただ「うん」と肯き、血のついた指で改めてその赤い鼻をつまんだ。

結局、駿の鼻血は智也とのパスの練習中にボールをぶつけたことになった。先生にすぐ保健室に行くように言われ、駿が体育館を出て校舎への渡り廊下を歩いていくと、背後から誰かがあとを追いかけてくる。智也だろうと、振り返ったそこには、険しい表情をした石倉が立っている。

「今日のこと、家の者《もん》にいうつもりや？」

石倉にそう尋ねられ、駿は「言わん」と首をふった。

「別に言うてもよかぞ」

歩き出した駿の顔を横から石倉が覗《のぞ》きこむ。駿は黙って首をふり、逃げるように歩調を速めた。

校舎への重い扉を開けようとすると、その扉をドンと手で押さえた石倉が、「お前んとこ、もう落ちぶれやくざぞ」と嫌らしく耳元で囁く。駿がいくら力を込めてドアを引いても、抑えられたドアが開かない。

「……戦後の筍《たけのこ》やくざの時代は終りって。俺の父ちゃんがそう言いよった」

駿はニヤニヤ笑っている石倉のからだを押しのけてドアを開けた。保健室へと続く廊下を走り出すと、「家の者に言うたら、ぶっ殺すけんな！」と叫ぶ石倉の声が追いかけてきた。

この石倉の父親は、下平で理容院をやっていた。三村の家の男どものほとんどがそこで散髪している。もちろん駿も、年に二度、盆と正月の前になると弟の悠太を連れてそこへ行き、自分たちのことを「坊ちゃん」と呼ぶちょび髭《ひげ》を生やした石倉の父親に伸びた髪を切ってもらう。店で石倉本人に会うことはない。たまたま店にいても、駿が入っていくと、石倉は逃げるように店からいなくなる。

石倉の父親のような町の大人を、駿はもう何人も知っている。会えば笑いかけてくれるが、陰では三村の家のことを小馬鹿《こばか》にしている大人たちを。

下平にある小学校から三村の家まで、駿の足で二十分ほどかかる。県道のゆるやかな山道をくねくねとのぼり、眼下に港が一望できる辺りまでくると、右手に狭く急な石段が現れる。そこをおりたところに三村の家があり、もっとおりれば駄菓子屋のある小道にでる。この辺りは不思議な地形で、下からまっすぐに上がってくることができない。一旦《いったん》、別の坂道を上がってきて、そこから少し石段を下りて行かなければ三村の家にも、駄菓子屋界隈《かいわい》にも辿《たど》り着けないのだ。

ネットに入れたバスケットボールを足先で蹴《け》りながら、駿が県道をのぼってくると、蛇神社と呼ばれる祠《ほこら》へ通ずるけもの道からふらっと出てくる人影があった。

「あ、爺《じい》ちゃん！」

駿はその人影に喜色を浮かべたのだが、すっかり耳の遠くなった爺さんにその声は届かない。乱れた浴衣《ゆかた》姿にカーディガンを羽織った爺さんは駿の声にも気づかずに、車一台走っていない目の前の県道を渡ろうか渡るまいかと、何度も左右を確認している。

駿はもう一度、「爺ちゃん！」と声をかけ、上り坂の県道を駆けだした。するとちらっと駿のほうへ目を向けた爺さんが、駆けよってくる駿に怯《おび》えたらしく、「あ〜」と短い悲鳴をあげて、「お母ちゃん、お母ちゃん」とけもの道のほうへ助けを求め、浴衣のすそを乱して地団駄を踏む。爺さんに乞《こ》われて、「はい、はい」と呆《あき》れ顔でけもの道から現れたのは、エプロン姿の奈緒だった。

「あら、駿くんやないね。どうした？　その鼻血」

奈緒にそう訊《き》かれ、「もう止まっとるよ」と、駿は鼻の穴から血の滲《にじ》んだティッシュを抜いた。「どれ？」と奈緒が駿の顎をつかみ、顔をあげて鼻の穴をみる。爺さんはその奈緒の背中に隠れたまま、ずっと奈緒のもう片方の手を握っている。

「蛇神社に行っとった？」

駿は爺さんにではなく、奈緒に尋ねる。

「散歩に行っとったんやもんねぇ、爺ちゃん」

奈緒が駿にではなく爺さんに答え、自分の手を握るシミだらけの爺さんの手の甲をぽんと叩《たた》く。

「もう帰る？」と駿は訊いた。

「いや、もうちょっと歩いて、ねぇ爺ちゃん、もうちょっと歩くやろ？」

奈緒の問いかけに、爺さんは黙ってうつむいている。三人の足元には、駿が捨てた血の滲んだティッシュが落ちている。

爺さんと奈緒に別れを告げて、駿は県道の石段をおりはじめた。二、三段おりたところで振り返ると、奈緒に手を引かれた爺さんの大きな背中が県道を下平のほうへおりてゆく。

まだ駿が幼いころ、奈緒は文治に三村の家へ連れてこられた。しかしその文治は現在、長崎刑務所に収監されている。二年前、新興のパチンコチェーン店のガラス扉にダンプカーが突っ込み、従業員の若い男性が大怪我《おおけが》を負うという事件が起こった。文治はその犯人として自ら出頭した。長男の龍彦に頼まれてのことだった。身内から身代わりを出したことで、龍彦の組は組織再編後の谷口組の傘下《さんか》に加わることができた。実際にパチンコ店を襲撃したのは谷口組の者だったのだ。

裁判で文治の刑期が確定したころ、奈緒をこのまま三村の家に置いておくことに誰よりも反対していたのが爺さんだった。

「籍も入っとらんよそ様《さん》の娘さん、うちで預かっておるわけにはいかん」

珍しく爺さんが、三村の家にたむろする男どもの前で息巻いた。だが本意は別の所にあるようで、ある夜、爺さんが、「文治がおらんあいだに、奈緒ちゃんを逃がしてやらんといかんぞ」と、千鶴に言っているのを駿は聞いた。

結局、奈緒は他に行くあてもなく三村の家に残ったのだが、爺さんの言動がどこかおかしくなってきたのが、ちょうどそのころからだった。

三村の家の座敷で、自分の身のふり方が議論されそうな気配になると、奈緒は決まって駿を連れて離れに逃れた。離れでは自分の生まれた上五島の有川という町について、言葉少なに駿に語った。幼いころに母が亡《な》くなり、継母との仲が悪く……という生いたちは、どこにでもあるような不幸話で、奈緒としてはだからこそそんな場所に今さら帰るわけにはいかないのだということを、まだ小学生の駿に切々と語っているのだが、当の駿の耳には「小さな島。石造りの教会。魚のとれる浅い海。断崖《だんがい》絶壁」といった魅惑的な言葉しか残らない。

自分の話がまったく駿に伝わらないことに気づくと、奈緒は諦《あきら》めたようにため息をつき、「なぁ、駿くん、あんたまだここで幽霊の声きくの？」と話題を変える。

小魚が泳ぐ美しい浅瀬に思いを馳《は》せている駿は、しばらく虚空《こくう》を見つめて何も答えないのだが、奈緒に肩を揺すられ、ふと我に返ったように、「うん、聞くよ。いつも幽霊と話しとる」と平然と答える。

駿が離れで幽霊と会話をしていることは、三村の家では今や周知のことで、誰もが知っていて、誰もが馬鹿にしていて、放置されていることだった。はじめのうちは駿も面白がって離れでの会話を家の者に逐一報告していたのだが、だんだんと真面目《まじめ》に聞いてくれる者もいなくなり、今ではよほどのことがない限り、家の者の前で「離れの幽霊」の話をすることはない。

県道を下平のほうへおりていく爺さんと奈緒の背中を見送ったあと、駿は長い石段を必要以上に時間をかけ、一段ごとにゆっくりとおりた。ネットに入れたバスケットボールを強く蹴ると、腕がもぎとられそうなほど遠くへ飛んでいこうとする。その感触が心地よく、石段の途中に立ち止まった駿は、何度もボールを蹴り上げる。

文治が不在とはいえ、三村の家の生活に変化はない。玄関先に置かれた長椅子《いす》に座った男どもは、相変わらずぼんやりと煙草《たばこ》を吸っているか、閑《ひま》つぶしに若い衆に相撲をとらせて喜んでいる。

駿はバスケットボールを蹴りながら、そんな男どものあいだを縫って玄関に入る。外は晴れているのに、家のなかはひどく薄暗くひんやりしており、土曜の午後ということもあって、座敷には男どもに供されたらしい昼めしの焼き魚や醤油《しょうゆ》のにおいが残っている。

駿が靴を脱いでいると、仏壇間の襖《ふすま》が開き、顔を出した千鶴が、「駿、あんたまた聖美《きよみ》とボウリングに行く約束したと？」と訊いてくる。

「いや、なんで？」と駿は首をふった。

「なんでって、さっき聖美から電話あって、駿が帰ったらすぐに迎えに来るようにって」

駿に従姉《いとこ》の聖美とそんな約束などした覚えはない。靴を脱ぎ、座敷にあがった。座敷の真ん中には、正吾が腹に毛布をかけて昼寝している。駿はそのからだを跨《また》いだ。文治が留守中の三村の家では、誰よりも先に、この正吾が風呂《ふろ》に入る。

「行くと？」

仏壇間を抜け、奥の部屋へ向かう駿の背中に千鶴の声がかかる。

「どこに？」

「どこにって？　ボウリングよ。聖美と一緒に」

「あ、うん」

駿はあいまいに肯いて襖を閉めた。部屋の隅にランドセルを投げ出し、机の引き出しのなかに散らばっている小銭をかき集める。再び襖を開けると、仏壇の前で、座布《ざぶ》団《とん》を枕《まくら》に昼寝している千鶴の姿がある。

「お母さん、バスケット辞めてもよかやろか？」

駿はすらっとそう言った。

「辞めるって、なんで？　せっかくボールやらシューズやら揃《そろ》えたのに」

千鶴がごろんと寝返りを打つ。

「だって、面白うない。なぁ、だめやろか？」

「だめよ。ちゃんと続けなさいよ」

自分を跨ごうとする駿の足首を、千鶴が摑《つか》む。

「ちょうどよかった。あんた、出かける前に離れに行って、汚れた茶碗《ちゃわん》やら下げてきてくれんかね」

足首を摑む千鶴の手を振り払い、「なんで俺が？」と駿は少しだけ口を尖《とが》らせた。

「いやなら、表におる誰かに頼んでよ」

千鶴がそう言いながら、首の下で座布団を折り直す。

仏壇間を抜けて、今度は座敷で寝ている正吾のからだを跨ごうとすると、いきなりまた足首をつかまれて、「井口さんが起きとんなったら、『なんか必要なもんはないやろか？』って、ちゃんと訊けよ」と目を閉じたまま言う。

駿は、「はい」と素直に答え、そのからだを飛び越えた。日の当たらない玄関で、草履をつっかけて外へ出た。地面で照り返す白い日差しで頭の芯《しん》がくらっとする。玄関先では若い衆がまだ相撲をとっている。駿は縁側を抜けて離れへ向かった。「おい、駿ちゃん。俺と相撲とろうで」と誘うシゲの声が聞こえたが、駿は聞こえなかったふりをした。

ひと月ほど前から、離れで寝泊りしている男がいた。関西弁を話す、五分刈りの大男で、便所と風呂以外、まったく離れを出てこない。ときどき下平に住む長男の龍彦が、その男のためと思われる一升瓶をさげ、一緒に若い女を連れてきては、日々の世話をさせている千鶴に、「よかか、井口さんには食事でもなんでも一番よかもんを出せ。俺に恥かかすなよ」と釘《くぎ》をさして帰る。そして帰り際《ぎわ》、龍彦は必ず財布から一万円札を何枚か千鶴に渡す。その金を千鶴はそっくりそのまま正吾に渡す。文治が留守中のいま、一番先に風呂を使うのが正吾だからだ。

最近、駿は本来文治の弟分であるはずのその正吾が、離れの大男を慕い始めているように見える。

柿《かき》の木がある庭先を抜けて、駿が離れの前に立つと、中から婆《ばあ》さんの笑い声がした。駿はノックもせずに支柱が腐りはじめている木戸を押しあける。昼間でも日のささない六畳一間、その中央に置かれたダブルベッドの上で、向かい合った婆さんと井口が、景気よく花札をやっている。

「おう、ボン」

井口にそう声をかけられ、駿は少しまぶしそうに顔を歪《ゆが》めた。千鶴に「さげてこい」と言われた茶碗や皿は、きちんと盆に重ねられ、鏡台の椅子に置いてある。草履を脱いで部屋にあがった駿が、ベッドの脇《わき》に立ってふたりの花札を覗《のぞ》きこんでいると、「九州のおなごを甘《あも》うみたらいかん。酒よし、札よし、さいころよし」と声を上げた婆さんが、手持ちの札をベッドの上に叩きつけながら、「なんしに来た？」と駿のほうへ目を向ける。

「お母さんが茶碗やらさげてこいって」

駿はそう答えながら、太い指で札をくる井口の手元を見つめる。

「おう、すまんのぉ。そこに置いたある」

札を抓《つま》んだままの太い指が、鏡台の椅子をさし、「ボンは花札できんのんか？」と、井口の小さな目が駿のほうに向けられる。

「できん」と駿は小声で答える。「ほうか」と呟《つぶや》いた井口が、次の札をくりながら、

「教えたろか？」とまた駿を見る。そこですかさず婆さんが、「やめてくれんね。うち

の孫、ばくち打ちにされたらたまらんよ。駿は大学に行くんやもんなぁ」と笑う。

「ほう。ボンは大学に行くんか？　行って何になる？」

井口の質問に駿が口ごもってしまうと、代わりに婆さんが「この駿は、弁護士になる。なぁ、駿」と札を切る。

「ほう、ボンは弁護士せんせになりまっか？」

ふざけた言い回しで井口に笑われ、駿は恥かしくて下を向いた。

「なぁ、婆さんよ、人間、何様になろうと裸になれば業《ごう》と情。そう思いませんかぁ？」

井口が叩きつけた札が、まるで小魚のようにベッドで跳ねる。

駿は盆を抱えて離れを出た。木戸を閉めようとすると、「そういや爺さんは帰ってきとったか？」と婆さんが訊くので、駿はただ、「知らん」と答えて木戸を閉めた。閉めた途端、奈緒に手を引かれて県道をおりてゆく爺さんの大きな背中が目に浮かぶ。

下平で一家をかまえている長男の龍彦から、ひと月ほど前、神戸のお客さんを預かることになったので、総出で離れの掃除をするようにと言われた際、剝《は》がれかけていた壁板をはずしてみると、その裏から一枚の油絵がでてきた。

それは昔この離れに閉じ籠《こも》っていた哲也が描いたもので、まだ完成にはほど遠かった。生前、哲也が描きつづけていた何枚もの油絵は、そのほとんどが男の裸体ばかりを描いたもので、気味悪がった爺《じい》さんが、葬式のあとすぐにすべて焼き捨てている。なので駿が実際に哲也の絵を見たのはこれが初めてだった。

壁板の裏から見つかったその油絵には、雲を突くような裸の巨人が描かれ、足元に広がる平原では、巨人の足指よりも小さいだろう幾百の人間たちが必死に逃げ惑っていた。自分の足元で逃げ惑う、牛や馬、横倒しになった馬車のあいだでパニックに陥っている群集を尻目《しりめ》に、巨人はそこから立ち去ろうとしているようにも見えるし、逆に、足元の群集を今にも踏みつけはじめるようにも見えた。

三村の家の男どもは、「邪魔になる」と言ってその絵を窓から投げ捨てた。

龍彦に伴われて、井口が離れにやってきたのがその翌日で、離れの窓を開けた彼が捨てられたその絵に気づいた。庭の植え込みに、絵は逆さまに突き立てられていた。

「ありゃ、ゴヤの『巨人』っちゅう絵の模写やねぇ」

井口は正吾に尋ねた。ゴヤと言われてもなんのことだか分からない正吾は、「さぁ」と首を傾《かし》げ、「前にここに住んどった三村の末息子の落書きですが……」とおずおずと答え、「なんか、有名な絵やろか？」と訊《き》き返した。

正吾の質問に、井口は、「ゴヤっちゅう有名な絵描きがおって、その絵の模写ですわ」と教えた。

「模写っちゅうたら、真似《まね》ってことやろか？」

「まぁ、そうやけど、しかし、よう描けとります」

哲也の絵は、井口の手で再び離れに持ち込まれた。翌日、千鶴に頼まれて、離れに新聞を届けた駿は、窓際に飾られているその絵を初めて目にした。


この井口には離れに出る幽霊の声が聞こえるのではないかと駿は思っている。もちろん本人に面と向かって訊けるほど親密な仲ではないので、真相が明らかになることはないのだが、ただ、母や正吾たちの話によれば、一週間後になるか、それとも一年後になるか、井口は必ずこの三村の家を出て、神戸という街へ帰るという。三村の家の者とは、決定的にそこが違う。ここでは暮らせない者、もしくはここで暮らすべきではない者にだけ、幽霊は話しかけてくるのではないかと駿は思っている。だから、三村の家の者には誰ひとりとして聞こえないのだ、と。

幽霊の声は、駿が離れにひとりとしているときに限って聞こえてくる。こちらから呼びかけて聞こえてくるものでもないし、行けば毎日のように聞こえるときもあれば、どんなに待っても二、三ヶ月まったく聞こえてこないこともある。幽霊相手に特に改まった話をするわけではない。ここ最近でした話といえば、バスケット部を辞めたいと相談した程度だ。

「駿よ、ものは考えようでな、いじめられとるほうが楽な場合もある」と幽霊は言った。

もちろん駿は、どうしてだか分からない。分からないので、「なんで？」と離れの壁に向かって問えば、「そんなもん、自分で考えろよ」と幽霊は笑う。

「お前をいじめとる奴《やつ》はどんな子や？」

「どんな子って、石倉っていう……お父さんが下平で床屋しとる」

「からだのおっきな子か？」

「六年生やもん、おっきいよ」

「もうあそこに毛も生えとるやろか？」

「知らんよ」

「お前はもう生えたやろ？」

「何本かだけ……。この前、風呂場で正吾兄さんに笑われた」

「その子に何される？」

「何って……、ただいじめられる」

「だけん、どんなことされていじめられる？」

「どんなことって……」

それこそまだ毛が生える前は、この離れで幽霊と話したことを、駿は誰かれとなく報告していた。駿が幽霊と話してきたと平然と言うたびに、腹を抱えて笑い出す者もあれば、「この子、大丈夫やろか？」と真顔で心配する者もある。ただ、ここ最近駿にも不文律のようなものができて、離れでの会話のなかでも、人に告げるものと告げないものができた。

ここ数日、駿には離れの幽霊に尋ねてみようかと考えあぐねている相談事がある。井口が神戸に帰るときに、もし自分も一緒に連れていってほしいと頼んだなら、彼がどう答えるだろうかということだ。神戸がどんな街なのか、駿は知らない。ただ、この三村の家から遠く離れた場所にあることだけは知っていて、そこへ行けば、井口のためにこの離れがあるように、自分のためにも何かしら場所が用意されているような気がしないでもない。ちゃんと頭を下げて頼みこめば、井口はきっと、「よっしゃ、ボン、連れてったる」と胸を叩《たた》いてくれるのではないだろうか、と思う。

下平にある長男龍彦の家へは、小学校へ向かう県道をおり、バス停の前で右に折れる。数年前までその辺り一帯は何を作っているのかさえ分からぬ荒れた畑だったのだが、今では道も整備され龍彦の家へまっすぐにアスファルト道路が延びている。

県道のゆるやかな坂をおりながら、駿はまた爺さんと奈緒に出くわさないかと辺りをきょろきょろと見渡した。しかし、バス停に着くまで人はおろか、車一台通らない。バス停からの坂道を、今度は逆にゆるやかに上ってゆく。その突き当たりに龍彦の大きな家がある。門の両脇には立派な松の木が植えられ、白木格子《ごうし》の門前には必ず組の若いもんが立っていて、天気の良い日などは、日向《ひなた》ぼっこに出てきた龍彦の女房春子が、その肉づきのいいからだを揺らしながら、彼らを相手にバドミントンに興じ、甲高い笑い声を響かせていることも多い。

坂道を上り切った駿の目に、やはり今日もバドミントンをしている春子の姿が映った。なるべく組の男たちと言葉を交わさなくて済むように、駿はここに来ると必要以上に深くうつむく。うつむいて玄関へ入ろうとする駿を、目ざとく見つけた春子がラケットで白い羽根を打ちかえしながら、「あら、駿ちゃんやないね。ほんとに聖美とボウリングに行く約束あったん?」と叫び、「パパ! パパ!」と家のなかへ声をかける。

駿は春子を無視して門をあけた。玄関までは飛び石が埋めてあり、開けっ放しの広い玄関には、分厚いペルシャ絨毯《じゅうたん》が敷かれている。

駿が靴を脱いでいると、正面の大きな階段から、「ほら、私、嘘《うそ》ついてなかったやろ！」と怒鳴りながら、従姉《いとこ》の聖美がおりてくる。聖美の金切り声が聞こえたのか、玄関脇のドアがあき、組の事務所になっている小部屋から、腹を突き出した龍彦が姿を現す。駿はこの龍彦を見るたびにからだがビクッと震え上がる。血の繋《つな》がった伯父であり、特に嫌われているはずもないのだが、なぜかしら自分がこの男にひどく憎まれているような気がするのだ。

「お前、ほんとに聖美と約束しとったとや？」

龍彦の野太い声の前で、駿はただ肯《うなず》いた。

「ほらね、私、嘘なんかついてないやろ？」

階段をおりてきた聖美が、挑戦的な口調で父親の前に立つ。

「……まぁ、駿と一緒ならよか。ただ、いたらん仲間なんか呼んだりしたら張り倒すけんな」

「駿とふたりだけで行くもん」

すでに聖美は玄関で靴を履きはじめている。さっさと出ていこうとする聖美を追って、駿が玄関を出ようとすると、「駿、ちょっと待て」と龍彦が呼び止めた。駿はまたビクッと振り返った。

「ちゃんと聖美のこと監視しとけ。分かったか?」

そう言いながら、龍彦は駿の手のひらに千円札を一枚押し込んでくる。

今年で十五になる聖美には、数ヶ月前から付き合っている男がいる。タローという名で、市内の工業高校を中退したばかりの暴走族だ。タローはこれまでに三度、龍彦の子分に呼び出しをくらい、「もう絶対に聖美さんには会いません」と彼らの前で土下座させられている。にもかかわらず、懲《こ》りないタローは翌週になると自分の女友達に頼んで電話をかけてもらい、家に軟禁状態の聖美を外へ呼びだす。もちろんタローが無事でいられるのは、彼に何かしたら「家出する」と、愛娘《まなむすめ》から脅されている龍彦が、子分たちに手加減するよう言い渡しているからなのだが、それが歪んで伝えられ、三村の組と繋がりのあるタローの格が、皮肉にも不良仲間たちのあいだで上がっている。

駿が初めてタローと会ったのは、ちょうど夏休みが終わったころだった。夕方遅くに聖美とふたりで並木公園の外に立っていると、派手なエンジン音を響かせたタローの車が横づけされた。運転席の窓から顔を出したタローは、「なんや、今日は子守の日や？」と一緒にいる駿を見て笑った。初めて見たタローの印象を、駿は離れの幽霊相手に、「正吾の弟かと思うたよ」とのちに語る。どこが似ているというわけでもないのだが、たとえば服の生地にも麻や絹や綿があるように、人間の肌にも種類があるとすれば、間違いなく、このふたりは同じ肌で作られた男だと、幽霊相手に語ったのだ。

タローと会った日、聖美は「この子と一緒じゃないと、夜、家から出してもらえん」と言い訳しながらも、駿を無理やり中古のマークⅡの後部座席に押し込んだ。車はタローの乱暴な運転で、彼の仲間たちが週末になると集合する稲佐山へ向かった。

稲佐山の展望台からは、市内の夜景が一望できる。しかしタローは頂上までは上らず、八合目付近にある広い駐車場に車を入れた。だだっ広い駐車場では、中央で焚《た》かれるドラム缶の炎の周りを、それぞれに意匠を凝らした改造車が轟音《ごうおん》を響かせて走り回っている。後部座席の窓から駿がもの珍しそうにその光景を眺めていると、「おう、坊主《ぼうず》、ちょっとそこに隠れとけ」とタローが言う。何ごとかと思いながらも、駿は素直に座席の上に身を伏せた。

「よかや、俺が合図するまでじっとしとけ。そんで、俺が合図したら、その格好のままそこの窓を開けろ」

訳が分からぬまま、それでも駿が肯くと、タローはとつぜん車を急発進させた。足元に身を伏せた駿のからだが、深くシートに食いこむ。タローは大きく円を描いてドラム缶の炎を一周すると、駐車場の隅に停まっていたフェアレディZに自分の車を横づけする。そして、助手席の聖美のからだに覆《おお》いかぶさるように窓を開け、「シンヤ！　シンヤ！」と隣の車を運転する少年に声をかけた。

フェアレディZの窓が開いて、「おう」と返してきた男の声が、後部座席で身を伏せる駿の耳にも届く。続いて、その車の助手席にいるらしい女の、「聖美、よう出てこれたねぇ」という声もする。

「バレたら、どうなるか分かったもんじゃないよ」

「このままじゃ、あんた、高校は絶対に全寮の女子校に入れられるよ」

向こうの車とこちらの車の助手席で、女たちが言葉を交わす。その会話を遮るように、「おう、シンヤ。俺の車、パワーウィンドウつけたっぞ」とタローが叫ぶ。

「うそこけ！」

向こうの車からシンヤの声が返ってくる。駿はやっと自分が後部座席に隠された理由が分かる。

「そのボロ車にパワーウィンドウ？」

隣の車から失笑が漏れ、やっと事情を把握したらしい聖美が、「あら、ほんとよ。あたしらの車、あんたらのと違ってパワーウィンドウやもん」と言い返す。

「よかや、見とけ」

タローはそう言うと、あるはずのないサイドブレーキ辺りのボタンを押す真似をする。言われたとおりに、身を隠した駿が、開閉レバーをくるくると回す。窓は本当に電動操作のごとく優雅に開く。

「うわっ、ほんとにつけとる。いくらかかった？」

隣の車から聞こえてきたシンヤの声に、最初に吹き出したのは聖美で、真顔で質問に答えようとしていたタローもそこで諦《あきら》め、「おう、坊主、もう出てきてよかぞ」と、後部座席で身を隠す駿の尻《しり》をパンと叩く。

窓からぬっと顔を出した駿に、隣の車の女が思わず「ギャッ」と悲鳴を上げる。男のほうも一瞬ビクッと身を引いて、「な、なんや、このガキ」と笑い出す。駐車場の隅に四人の笑い声が響く。いつの間にか誰よりも大きな声をあげて、駿も笑い出している。

もしも相手がタローでなければ、自分は聖美に協力していないのではないかと駿は思う。タローの何が気に入って、自分が聖美に協力しているのか分からないが、タローといると、何かを忘れて心から笑っている自分がいる。その忘れている何かが、いったい何なのかも分からない。ただ、これもまたタローといれば、いつの間にかどうでもよくなってしまう。

はじめて駿がタローのマークⅡに乗った夜、彼は何度も知り合いの車に横づけしては、「俺の車、パワーウィンドウつけたっぞ」と、駿に同じことをさせて喜んでいた。

下平のバス停へ向かって足早におりてゆく聖美を、駿は小走りで追いかけた。手には龍彦に握らされた千円札がある。バス停の手前でやっと追いつくと、「今日、バスケットの練習日やったよね？　もっと遅くなるかと思うとったよ」と聖美が言う。

本当にボウリング場へ行くのなら、この下平のバス停からまず市内へ出て、そこで路面電車に乗り換える。しかし、聖美はバス停の時刻表には目もくれず、ずんずん県道をおりていく。仕方なく、駿も黙ってあとを追う。

聖美はいつものタローとの待ち合わせ場所、並木公園を通りすぎ、あとを黙ってついてくる駿にちらっと目を向けた。

「瑛子《えいこ》の家に行くけん」

聖美にそう言われ、「ボウリングは？」と尋ねようかとも思ったが、駿はただ黙って肯き、遅れないように足を速めた。

並木公園の先に市場があった。聖美の同級生、瑛子の両親はその一角で小規模な食料品ストアを経営しており、店舗の裏に自宅があった。昼間、両親は店にいるため、一人娘の瑛子だけが残るその自宅が、聖美たち、近所の不良仲間の溜《た》まり場になっていた。ひどいときには二階にある狭い瑛子の部屋に置かれたコタツで、七、八人の男や女が、まるで囲炉裏で焼かれる岩魚《いわな》のように寝転んでいる。

聖美は店の前を、心なしか顔を隠すようにして通りすぎると、商品倉庫の脇《わき》を抜け、生垣のある瑛子の自宅へ入っていった。

玄関には汚れた靴が乱雑に脱ぎ散らかされている。駿も聖美に手を引かれて家へあがったのだが、散乱した靴のなかで、自分の靴だけがなくなってしまうような気がして、一番隅の下駄《げた》箱の前に揃《そろ》え直す。

聖美がわざと音を立てて狭い階段をあがってゆく。二階には瑛子の部屋しかない。階段をあがったところに破れかけた襖《ふすま》があり、聖美が乱暴にそこを叩きながら、「あたし、聖美、開けて」と怒鳴る。すぐに襖の向こうから、呂律《ろれつ》の回らぬ男が、「あ、きひょみ、きひょみ」と繰り返す声がする。

しばらくたって、やっと内鍵《うちかぎ》が外される。襖を開けたのは、かさの多い髪に寝癖をつけ、ゴムの伸びたジャージを腰の下までずり落としているタローだった。

聖美は後ろに立っている駿を先になかへ押し入れると、「クサッ」と顔を顰《しか》めながら、コタツの周りに雑魚寝《ざこね》している自分の仲間たちを見渡した。

聖美は仲間たちのからだを次々に跨《また》いで部屋を横ぎり、閉め切られていたカーテンと窓を開け放つ。襖を開けたまま、ぼけっと突っ立っているタローを押しのけ、駿も何人かのからだを跨いで部屋に入り、コタツの一箇所だけ空いている場所に座り込む。

聖美が窓を開けたおかげで、室内にこもっていた煙草《たばこ》やシンナーや整髪料やカップヌードルのにおいが一瞬消える。が、代わりに持ち上げたコタツ布団《ぶとん》のなかから、鼻がつぶれるような誰かの足のにおいが立つ。

コタツの上には吸殻だらけの灰皿があり、安物のカセットテープが散乱し、汁だけが残ったカップヌードル、折れた煙草、口紅のついたマグカップには冷えたポタージュスープが残っている。

まだ放心して突っ立っているタローに、「まったく」と舌打ちをした聖美が、「ほら、そんなとこに突っ立っとらんで、下の冷蔵庫から駿にジュースかなんか持ってきてやってよ」と言ってはみるのだが、タローは自分が何を言われているのかさえ分からぬようで、「ああ」とか「うん」とか唸《うな》るだけで、一向にからだを動かさない。

「駿、自分で取っておいで」

聖美は諦め、膝《ひざ》を抱えて座っている駿に向かって顎《あご》をしゃくる。立ち上がりながら駿は自分の真横で寝ている少年の顔を覗《のぞ》きこむ。紫色のアイシャドーが塗ってある。口を半開きにした少年は、横で寝ている瑛子に抱きついており、そのまた横にいる男も、逆向きで瑛子に抱きついているものだから、ふたりの男に両側から抱かれた小さな瑛子のからだは隠れてしまい、まるで男同士が抱き合っているように見える。その三人を同時に跨ごうとして、駿はコタツ布団に足をひっかける。捲《めく》れた布団の下から、パンティとストッキングだけの露《あらわ》な瑛子の下半身が現れる。駿はその布団を戻さずに部屋を出る。

瑛子の家の階段には、ふりかけや缶詰が梱包《こんぽう》された段ボール箱が積み上げられ、横向きでないと通れない。駿がその狭い階段をおりていると、「ドライブに行く約束やったろ！」と怒鳴る聖美の声とともに、おそらくタローの頭を叩《たた》いたのだろう、バチッという乾いた音が落ちてくる。

階段をおりた駿は、同じように段ボール箱が積み上げられた狭い廊下を進み、錆臭《さび》く薄暗い台所に入る。冷蔵庫をあけると、無理に押し込まれた即席うどんのパックが、ボトボトと足元に落ちてくる。台所は妙に静まり返っている。ちょうど真上にある瑛子の部屋から、聖美だろうか、誰かが歩いている振動が、シミだらけの天井を揺らしている。

冷蔵庫の横に貼《は》られたカレンダーには、第二と第四火曜日に赤ペンで「定休日」と書かれているだけで、他にはなんの記入もされていない。駿はビニール張りの椅子《いす》に腰を下ろした。食卓にはプラスチックの皿に冷めたチャーハンが盛られ、水滴のついたサランラップがかけてある。背後で蛇口から、水が一滴ぽたんと落ちる。

文治が収監されている場所も、こんな感じだろうかと駿は思う。月に二度、千鶴が作る豪勢な折詰めを抱えて、必ず正吾が一人で面会に行くのだが、「文治はどうしとった？」といくら婆《ばあ》さんが尋ねても、ただ、「兄貴、少し痩《や》せとったなぁ」とか、「家のこと、心配しとった」などと、言葉少なに返すだけだ。サイズの小さな獄衣を身につけ、少し痩せたという文治の姿を、駿はときどき夢にみる。

文治がいなくなってからというもの、正吾をはじめ三村の家に出入りする男どもが、夜の街で諍《いさか》いを起こすことが多くなった。何が理由でそうなっているのか、まだ小学生の駿には誰も教えてくれないが、街で味わっているらしい男どもの怒りと屈辱が、そのまま三村の家へ持ち込まれているのは駿にも分かる。殴り合いになり、拳《こぶし》をぱっくりと割ってくる者、前歯を真っ赤な血で染めてくる者、そしてシゲは、脇腹を匕首《あいくち》で刺されて担《かつ》ぎこまれた。誰も病院などには行かなかった。まっすぐに三村の家に戻り、寝巻き姿の千鶴がせっせと一人で手当てする。脇腹を刺されたシゲは一晩中泣いていた。それはまるで子供のような泣き声で、男がこんなにも声をあげて泣けることを、駿はこの夜はじめて知った。

ぼけの進んだ爺《じい》さんが、刑務所にいるのは文治ではなく、離れで自殺した末息子の哲也だと思い込むようになったのは、いつからだろうか。

爺さんは食事中ふっと立ち上がり、「哲也に会《お》うてくる」と乱れた浴衣《ゆかた》のままで外へ出る。もちろん初めのころは、爺さんの奇行に家の誰もが慌《あわ》てたが、日を追うごとに慣れてしまい、今では「哲也に会うてくる」と爺さんが言うたびに、「まぁだ、早か。もちっと待っとれば、ちゃんとお迎えがくる」などと婆さんはからかっている。

みんなの前では、まるで赤ん坊のように振舞う爺さんだが、駿とふたりきりのときだけは、不思議と話し方がまともに戻ることがある。駿は、爺さんがみんなを騙《だま》しているのではないかと疑い、「ね、そうやろ？　みんなを騙しとるだけやろ？」とその肩を強く揺すってみるのだが、爺さんはうんともすんとも答えてくれない。あまりしつこくやりすぎると、またすぐに赤ん坊に戻るので、駿も早々に諦める。それでもまだ心のどこかで、いつか爺さんが「嘘《うそ》でした」と舌を出すのではないかと思う。

「爺ちゃん、哲也叔父さんに会いたかと？」

指をしゃぶる爺さんに駿がそう尋ねると、「おおう、会いたかぁ」と爺さんは泣く。

「もう死んでしもうたのやけん、会えんよ」といくら言っても、「おおう、会いたかぁ」と爺さんは泣き続ける。

「会《お》うてどうすると？」と尋ねれば、「謝りたい」ととつぜんまともに答える。

「爺ちゃんなぁ、哲也を見捨ててしもた。自分の首縊《くく》る縄持って、離れに入るところ、爺ちゃん、この目でちゃんと見とった。……見とったのに、知っとったのに、なんも声かけてやれんかった」

爺さんの口からは、いつものように涎《よだれ》が垂れる。ティッシュを出して、駿はその涎を丁寧に拭《ふ》いてやる。

とつぜん家全体がグラグラと横揺れして、駿はふと我に返った。我に返れば、自分がいま瑛子の家の台所にいて、二階から聖美が階段をおりてきているのだと分かる。聖美が一段おりるたびに、台所の壁際《かべぎわ》で食器棚がカタカタと鳴る。

「あんた何しよる？　ジュース持ってあがってこいって言うたやろ」

台所に入ってきた聖美が、冷蔵庫を開けて三ツ矢サイダーを一本取り出す。

「栓抜きどこやった？」

きょろきょろと流し台を見渡す聖美に、駿が「あそこ」と食器棚をさす。

「あんた、ここで何しよっと？」

改めて聖美にそう訊《き》かれ、「ただ座っとるだけ」と駿は答える。

聖美がサイダーの栓を抜く。歪《ゆが》んだ栓がぽとんとビニール張りの床に落ちて、駿の足元に転がってくる。錆びついていたのか、聖美は瓶の口を自分の手で拭《ぬぐ》い、立ったまま瓶を咥《くわ》えてゴクゴクと飲みはじめる。

「何時《いつ》までここにおると？」

伸びた聖美の咽《のど》に駿は尋ねる。透明な瓶のなかで、小さな泡が立っている。

「なんで？」

テーブルに瓶を置いた聖美に訊き返され、「先に帰ってもよかやろか？」と駿は尋ねる。

「あんたが先に帰ったら、私がタローと一緒やってバレるやろ」

「誰にも言わんけん」

「あんたが言わんでも、千鶴おばちゃんがうちに電話する」

「させんけん」

「あんたんちの晩ごはんまでには帰るけん。もうちょっと待ってよ」

聖美はそのまま台所を出ていってしまう。階段の途中から、「あんたも早《はよ》うあがっておいでよ」と呼ぶ声がする。

食卓に聖美が残していったサイダーがある。どこからともなくこまかな泡が、湧《わ》き出ては表面で消える。駿は瓶を咥えてゴクッと一口飲み込んだ。口のなかが甘くなり、咽の奥だけがヒリヒリとする。

駿はサイダーを持って二階へ戻った。襖が少しだけ開いていて、その隙間《すきま》からなかを覗く。ただでさえ狭い部屋が足の踏み場もないほど散らかって、大人でも子供でもない男や女がシンナー臭い息を吐き、背中と背中を、顔と顔を、腹と腹をくっつけ合い、コタツの周りに寝転んでいる。風で揺れるレースカーテンの真下で、聖美とタローが互いの唇を吸い合っている。タローは相変わらず目をとろんとさせているが、音を立て、聖美の唇を吸っている。ひどく狭い部屋だった。見ているうちに天井や壁が狭まってくるような部屋だった。部屋の手前に寝ている女が、「ううん」と唸って寝返りを打ち、はだけた白い腹がコタツの赤外線に赤く染まる。聖美とタローは鼻息荒く、まだ互いの唇を吸っている。だらしないタローの口元から、透明な涎が垂れている。サイダーのようなタローの涎は、紫色の唇から顎に垂れ、それを聖美の赤い唇が押し広げ、うっすらと生えたタローの顎鬚《あごひげ》をてかてかにする。

駿はぞっとして階段をあとずさる。そのまま階段をかけおりて、玄関で靴をつっかけ外へ飛び出す。手にはサイダーの瓶を握ったままで、中身がこぼれないように無意識に親指で口を押さえる。ストアの前へ飛び出し、市場を駆け抜け、並木公園を走って横切る。三村の家へ延びるゆるく長い坂道にぽつんと立っている爺さんがいる。たった今見たタローと同じように口元から涎を垂らし、それを奈緒がハンカチで拭いている。

「駿ちゃん!」

呼び止める奈緒の声に、駿は耳をふさぐ。耳をふさいでふたりの横を駆け上がる。蛇神社前からの石段を二段飛ばしで駆けおりる。途中、脱げかけた靴をつっかけ三村の家へ走り込む。庭先には珍しく男たちの姿がない。開けっ放しの家のなか、薄暗い座敷の奥で、千鶴と長女の一子が談笑している。文治の一件で破談になりかけた一子の縁談は、どうにか上司の口利《くちき》きで持ち直し、現在、一子は北九州に住む靴問屋の二代目と所帯を持っている。座敷に横座りした一子の前には、三村の家の者への土産物らしい紙袋が二つ並んでいる。

駿は千鶴や一子に見つからないように身を屈《かが》め、中腰で縁側へ回って離れに向かう。ちょうどそのとき離れの木戸が開いて、ぬっと正吾の姿が現れる。駿はビクッと足をとめ、柿《かき》の木の裏に身を隠す。

正吾は何やら中の井口に笑いかけると、「ほんじゃ、よろしゅう頼みます」と頭を下げて、丁寧に両手で木戸を閉める。母屋《おもや》へ向かう飛び石を、その足が軽々と渡ってゆく。文治が刑務所に入ってからというもの、正吾は千鶴を自分の女房のように扱っている。誰よりも先に風呂《ふろ》に入り、誰にも気兼ねせず、駿の母を昼間の離れに連れ込んでいた。この三村の家の、紛れもない新しい主《あるじ》が正吾なのだ。

柿の木の裏からゆっくりと出た駿は、離れの前までやってくると、コンコンと木戸を軽く叩いた。すぐになかから、「誰や?」と機嫌の良い井口の声がする。駿は木戸を開けて離れに上がった。ダブルベッドに寝転ぶ井口の横に、一子からの土産物らしい黒革の靴が二足置いてある。

「おう、ボンか。なんや?」

駿は乱れた息を無理に抑える。

「ボンも靴もろたんやろ? ほれ、おっちゃん二足ももろたわ」

「あの」

駿はゴクッと唾《つば》を飲み込んだ。渇いた咽に、唾が落ちる。タローの涎が思い出される。サイダーのように、どろどろと、こまかく泡の立つ涎。

「なんや、神妙な顔して」

井口は駿の手にあるサイダーの瓶を不思議そうに眺めている。

「あのぉ、一緒に連れてってもらえんやろか？」

やっとのことでそう呟《つぶや》いた駿の言葉に、井口は一瞬「へ？」と間のぬけた顔をする。

「連れてけて、どこにや？」

自分の手がサイダーでべとべとになっていることが気になって仕方がない。まるでタローの涎でべとべとになっているようで、駿はそれを井口に気づかれるのが恥ずかしい。瓶を持ち替え、ベトついた指をシャツで拭う。何度も何度もこすりつけるが、汗とサイダーでべったりとくっついた指が、なかなか離れようとしない。まるで憑《つ》かれたようにシャツで指を拭く駿の様子を、井口が少し申し訳なさそうな顔で見ている。

「もしかしてボンも、おっちゃんと一緒に神戸に行きたいんか？」

駿はじたばたと指をシャツにこすりつけるのをやめ、まっすぐに井口の目を見つめ返す。

「ほう、ほうか、ボンも神戸に行きたいんか」

井口がさっきとは少しニュアンスの違う言い方をする。それでも駿が、じっと井口を見つめていると、とつぜん井口の表情が破れ、ゲラゲラと声をあげて笑い出す。

「よっしゃ、分かった。連れてったる。連れてったる」

井口が更に笑い声を高めて、その太い拳で自分の胸をドンと叩く。

あまりにも呆気《あっけ》なく自分の願いが叶《かな》えられたことに、駿はどうすればいいのか分からない。いつまでも笑い続けているだけで、井口の口から次の言葉は出てこない。駿はお礼さえも言えず、その場にただ立ち尽くしている。井口はただ笑い続ける。

仕方なく、駿は離れをあとにした。木戸を閉めても、井口の笑い声はまだ聞こえた。握りしめた瓶には、サイダーが底に少しだけ残っている。炭酸も抜け切って、もう湧き出てくる泡もない。駿は足元の飛び石に、ゆっくりとそのサイダーをこぼした。石に当たると、まだ少しだけ白い泡が立つ。石を濡《ぬ》らしたサイダーが、そのまま流れて乾いた土に染《し》み込んでゆく。ダブルベッドには、たしかに二足の靴があった。駿が履くには大きすぎるが、黒革靴の新品が、たしかに二足並んでいた。駿はべとべとになった手の甲を舐《な》めた。汗の混じったサイダーは、吐き気がするほど甘かった。

# 明《あき》生《お》と水《すい》玉《ぎょく》

「兄ちゃん、これ、すぐ千切れそうたい。別のに替えてくれんね」

男客にそう言われ、駿は黙ってヨーヨー釣りの針を取り替えた。

針についたことよりが、前のより少しだけ頑丈なのを確かめた男客が、その娘らしい女の子の横にしゃがみ込み、「どれ？　どれがいいの？」と、ブリキの水槽に浮かんだ色とりどりのヨーヨーを見渡す。

「これ」

女の子が赤いマーブル模様のヨーヨーをつつき、その反動で水槽の隅に集まっていたヨーヨーが水面に広がってゆく。

男客の手つきをぼんやりと見つめていた駿は、ふと前の通りに目を向けた。通りは金魚の入ったビニール袋やわた飴《あめ》をぶらさげた人びとでごったがえし、その人波が一瞬だけ途切れると、対面にある焼きいかの店から甘いたれのにおいが漂ってくる。焼きいかの店先には、学生服を着た中学生の集団が群れていて、たっぷりとたれのついた焼きいかを順番にその手で受けとっている。

駿は反射的に俯《うつむ》いた。同じ年頃の彼らに、こんな店で働いている自分の姿を見られたくない。

長崎のおくんちは、平日も含めて三日間続く。諏訪《すわ》神社から出た神輿《みこし》が、出島の御旅所《おたびしょ》に集められ、龍踊《じゃ》りやオランダ漫才などが市内各所を練り歩く。

「今度の『おくんち』に、水玉屋《すいぎょく》ぁ、出すけん、駿、おまえも手伝え」

文治にそう言われたのは、半月ほどまえのことだ。

もちろん駿は、学校があると断ったのだが、「学校？　そんなもん休め、休め」と、文治はそう言っただけで、あとは、「テン場所の取れたけん、儲《もう》かるぞ」とひとりうかれていた。

その夜、駿は仕事から戻った千鶴に、早速この件を相談してみたのだが、「せっかく、兄ちゃんが何かやってみようと思うとるのやけん、手伝ってやらんね」と、逆に背中を押されてしまい、同じ美術部の明生と、龍踊りの絵を描くために写真を撮りにいく約束があるとは言い出せなかった。

傷害で服役していた文治は、出所後、三村の家ではなく、下平に借りた古いアパートで、働くでもなく、日がな酒を飲んで暮らしている。文治が長崎刑務所を出所する半年ほどまえから、千鶴は市内の小さな化粧品販売店に働きに出ており、その金で細々と三村の家を支えていた。

おくんちが始まると、文治の意気込みはそうとうなものだった。そのせいで、駿は店先に立たされて、呼び込みまでやらされた。何度か補導員に腕を摑《つか》まれたのだが、その都度、文治が食ってかかり、「学校にはちゃんと許可とっとる！　なんで、龍踊りに出る子は休めて、露店に立たせる子は休めんとや！」と、見物客らの注目を浴びていた。

しかし、その文治も三日目の今日になると、思っていたほど儲からないこの商売にすっかり飽きてしまい、その上、顔見知りになったテキヤたちとの連日連夜の深酒も手伝って、朝から一度も店に顔を出していない。

「よっしゃ、ほら、釣れた！」

針を交換しろと催促してきた男客が、赤いマーブル模様のヨーヨーをやっと釣り上げていた。横で幼い娘が歓声を上げている。

駿はうれしそうにヨーヨーのゴムを小さな指にはめる女の子に微笑《ほほえ》みかけた。男客がこよりではなく、直接針を握って釣ったのは見ていたが、何も言わずに一回分の代金だけを受けとった。

文治や、文治がどこかから連れてきた義和《よしかず》という柄の悪い若者がここにいれば、客たちは決して不正をしない。しかし今は、義和が近くのラーメン屋に昼メシを食いに行っており、ひょろっと背だけが伸びた中学一年の駿しかいない。そんな時だけ、大人たちは平気で針を握ってヨーヨーを釣る。

客は次から次にやってくる。料金を受けとり、新しいこよりをつけた針を渡し、ヨーヨーの数が減れば、ゴム風船に空気と少量の水を入れて膨らませ、輪ゴムで縛ってブリキの水槽に浮かばせる。すぐそばに御旅所があるというのに、駿には祭りがひどく遠い。

文治が入獄中、結局、駿は一度も面会に連れて行ってもらえなかった。もちろん自分から行きたいと頼んだこともない。最初のころは、弟分で、三村の家に寝泊りしていた正吾の口から、その正吾がいなくなると、代わりに面会へ行くようになった千鶴の口から、「兄さん、瘦《や》せてしもとった」「兄ちゃん、顔色悪うなってしもて」と、ため息まじりの報告を受けてはいたが、実際に出所してきた文治の風貌《ふうぼう》を見て、駿は思わず、「ああっ」と声を漏らさずにはいられなかった。

固太りだった文治のからだは、半分ほどに縮んでいた。威嚇《いかく》的だった眼光からも、すっかり色が抜け落ちて、裸になれば、下腹だけが餓鬼のようにぽこんと出ていた。萎《しぼ》んでしまった文治のからだと同様、三村の家もすっかり変わり果てていた。駿が小学五年のころ、離れに住み着いていた井口という関西のやくざが、神戸に連れて帰ったのは、駿ではなく、正吾のほうだったのだ。

「あのぉ、一緒に連れてってもらえんやろか？」

サイダーで手をべとべとにして、そう井口に頼んだ日のことを駿は未《いま》だに覚えている。

「連れてけて、どこにや？」と、井口は野太い声で笑った。

何も答えられずに、駿はただ、べとついた指を必死にシャツに擦《こす》りつけていた。

「もしかしてボンも、おっちゃんと一緒に神戸に行きたいんか？　ほう、ほうか、ボンも神戸に行きたいんか。よっしゃ、分かった。連れてったる」

このとき駿が離れに入るまえに、正吾もまた、井口に同じことを頼んでいたのだ。

井口がとつぜん離れから姿を消してしまった日、駿はバスケットの試合があった。夕方、三村の家に戻ってくると、どこか思いつめたような表情で台所に立ち、火にかけたやかんをぼんやりと見つめている千鶴を見つけた。ふと嫌な予感がして、駿は離れに走った。そこに井口の姿はなかった。いつも壁にかけられていたグレーのスーツも、そこから一緒になくなっていた。

母屋《おもや》へ駆け戻った駿は、「井口さんは？　井口さんは！」と、千鶴の腕を引っ張った。千鶴は沸騰《ふっとう》するやかんを見つめたまま、「……行ってしもうた」とだけ呟《つぶや》いた。

「なんか言いよらんかった？　なんか僕にことづけなかった？」

駿は千鶴の腕を引っ張りつづけた。が、どんなにそのからだを揺すっても、千鶴はやかんから目を離さず、「……行ってしもた。……正ちゃんも一緒に行ってしもた」と、小さく呟くだけだった。

それから何ヶ月ものあいだ、駿は神戸からの便りを待った。「よっしゃ、一緒に連れてったる」と胸を叩《たた》いた井口の言葉を、どうしても忘れることができなかったのだ。

文治のいない三村の家で、ほとんど夫婦同然の暮らしをしていた千鶴と正吾が、どのような話し合いの果てに、この結論に達したのか駿は知らない。ただ、ときどき千鶴や婆《ばあ》さんの口からこぼれる言葉で、正吾が井口に連れられて神戸へ出発する前日、わざわざ文治の元へ面会に行き、看守たちに引きずり出されるまで、鉄格子《てつごうし》の向こうの文治に、土下座し続けたという話だけは伝わっている。

文治の代わりに三村の家を取り仕切っていた正吾が、井口に連れられて神戸へ行ってしまうと、特に禁じられたわけでもないのに、他の若い衆たちもぱったりと姿を見せなくなった。下平に住む長男、龍彦の組にそのまま引き取られた者も二、三人いるが、あとの男たちについては、その後どこで何をやっているのか、駿はもちろん、毎日彼らの面倒をみていた千鶴の耳にも伝わってこない。ただ一度だけ、シゲと呼ばれていた若者の名前が、新聞に載ったことがある。

「……島原のご両親は知っとんなっとやろか」

千鶴は哀《かな》しそうにそう呟いていた。新聞には、繁華街での喧嘩《けんか》で、刺し殺されたという若者の記事が載っていた。

正吾がいなくなった翌年の暮れ、ほとんど病院のベッドで寝たきりになっていた爺《じい》さんが死んだ。もちろん千鶴や婆さんも手伝っていたのだが、毎晩のように泊り込んでいたのは、文治の内縁の妻であった奈緒で、駿の目にはまるで腐るように死んでいく爺さんの痩せたからだを、「よか男やねぇ、ほんと爺ちゃんは二枚目よ」と、奈緒は濡《ぬ》れタオルで拭《ふ》き続けていた。

その奈緒も、今はもう三村の家にはいない。

爺さんの葬儀では、千鶴が誰よりも声を上げて泣いていた。もちろん長女の一子も泣いてはいたが、それはあまりにも貧相な葬儀を憂《うれ》えてのことで、金を出し渋った長兄龍彦に対する悔し涙に近かった。ただ、枝の枝、そのまた枝ほどの組を仕切る組長に落ちたとはいえ、まがりなりにもやくざものの龍彦が、身内の葬儀に金を出し渋るには、それ相応の事情もあった。数年まえならば、それこそ借金してでもという見栄《みえ》もあったのだろうが、当時、からだを壊していた龍彦にその元気はなかったのだ。

爺さんの葬儀で、駿が何よりも驚かされたのは、あれだけ献身的に看病していた奈緒が、まったく涙を見せなかったことだ。一子に少しでも叱《しか》られれば泣き、文治の一挙手一投足に、長年ビクビクと暮らしてきた奈緒は、貧相ではあるが葬儀という一家の大きな行事を、最後に立派に取り仕切り、その数日後、それこそ音も立てずに、三村の家を出て行った。

結果、三村の家には、婆さんと千鶴、それに駿と弟の悠太だけが残ることになった。たったの四人になってしまえば、三村の家はさびしいほど広かった。男どもの家だったものが、いつの間にか、女子供の家になっていたのだ。

それまで「駿」と呼び捨てにしていた千鶴が、とつぜん駿のことを「お兄ちゃん」と呼ぶようになったのはそのころからで、母親が長男のことをそう呼ぶのは珍しいことではないが、その声には、いなくなった三村の家の男たちを呼ぶような、どこか甘えたところがあって、すでに変声期を迎えていた駿の耳には、少しくすぐったく響いた。

ひっきりなしにやってくるヨーヨー屋の客の応対に追われていると、あっという間に時間は過ぎる。文治がどこかで拾ってきた義和という若者は、とっさの計算に弱く、二回、三回、と後払いで客に新しいつり針を渡しているうちに、その料金が分からなくなる。おくんち初日、駿は義和に頼まれて、十回分までの料金が一目で分かる表を作ってやり、その紙をブリキの水槽の裏に貼《は》ってやった。

義和はちょっとでも客足が途切れると、つい最近まで入っていたという暴走族の話をする。駿はゴム風船を膨らましながら、黙って義和の話を聞いてはいるが、従姉《いとこ》の聖美が昔つきあっていたタローという男のことを思い出し、同じ暴走族でも、目のまえで自慢話をしている義和には、タローが持っていたあのだらしなさを極めたような色気がないと思う。暴走族だと自慢するやつに限って、大した男ではないのだ。そして、そんな大した男でもない若者にしか、文治はもう「兄さん、兄さん」と慕われなくなっている。

「駿ちゃん、兄貴は何時ごろ、来るとやろか？」

時間の経過とともに萎んでしまうヨーヨーを、水槽のなかから引き抜いていた義和が、そう言ってとつぜん背中を叩くものだから、駿は、客に渡しかけていたつり銭を、水槽のなかに落としてしまった。

「あ、すいません」

駿は、別の十円玉を客に渡す。

「駿ちゃん」

また、義和が呼ぶ。

「もうちょっとしたら、来るやろうけど……」

駿はいい加減に答えると、水槽に落ちた十円玉を見つめる。赤や黄色、色とりどりのヨーヨーが浮かぶブリキの水槽の底で、十円玉は汚れて見える。

つかみ出さずに、しばらくそれを見つめていると、義和が今度は空気入れで尻《しり》をつつく。振り返れば、「駿ちゃんの友達やろ?」と、その空気入れの先が通りへ向けられる。

店先に、明生が立っていた。行きから見物客たちから背中を押され、肩をぶつけられながら、辛うじてそこに立っている姿は、串《くし》のようにひょろ長い。

まさか自分の同級生が、こんな場所でヨーヨー屋をやっているとは思ってもいなかったようで、首を傾《かし》げじっとこちらを見つめている。

駿が声をかけようとすると、さっと明生のまえに客が割りこみ、「一回、いくらね?」と訊《き》いてくる。駿の背後で義和が代わりに答え、反射的に新しい針を駿が渡す。ふたたび顔を上げると、明生が目のまえまで詰め寄っていた。開口一番、「お、おまえ、ここでなんしよる?」と、眉間《みけん》に深いしわを寄せる。

「なんしよるって、ヨーヨー釣りやろ」

背後で義和が笑い、その言葉に、「そう。ヨーヨー屋」と駿も肯《うなず》く。明生の首には古いカメラが提げられている。

「もう、龍踊りの写真とか撮ってきた。焼き増しする?」

明生にそう言われ、「うん」と駿は肯く。

「ここでなんしよっと?」

明生が改めてそう尋ねるので、駿は客の邪魔にならないよう、明生のからだを水槽の端に引っ張り、「ここ、俺の伯父さんが出しとる店さ」と教える。

「三日間、ずっとここにおったと? だけん、学校休んどったと?」

明生の質問に、駿はいちいち「そう」と肯く。横ではこよりが切れたらしい客が、大げさに悲鳴を上げている。

「ひとり?」

駿はそう尋ねてすぐに、「あ、家の人とか一緒じゃないと？」と言葉を変える。明生は、言葉を変えた駿の思いを察したようで、わざと話を逸《そ》らすかのように、「これ、俺にも一個ちょうだい」と水槽のヨーヨーを指差す。

「どれがいい？」

「その青。白い線が入っとるやつ」

駿は指差された青いヨーヨーを水槽から掴みとり、明生の手のひらにパシャンと置く。

「よかと？　もろうて」

駿が黙って肯くと、明生は無表情のままで輪ゴムを中指にはめ、何度かパシャン、パシャンと手のひらで鳴らす。

三年ほど前、中学校近くのアパートで人殺しがあった。殺されたのは明生の母で、殺したのは父親だった。凶器は台所の包丁だった。一度では殺し切れず、男は何度も何度も、もう意識のない女のからだを切りつけた。別れ話が原因だった。あと一日早ければ、今ごろ明生は、どこか遠い町で母親と暮らしているはずだった。

情けない男だという噂《うわさ》が広まった。女のほうに情夫がいたという話もあった。隣の部屋で息子が寝ていた。男は息子も殺そうとした。無理心中するつもりだった。血まみれの母親を見て、息子は口がきけなくなった。無責任な噂に限度はなかった。似たような暴力沙汰《ざた》でも、三村の家に漂うそれとは何かが違った。三村の家で流れるのが熱い血なら、そこで流れたのは冷たい血だった。

事件後、明生は祖父に引き取られた。学校の教師からは転校を進められたが、年老いた祖父に別の土地で暮らす余力はなかった。

「あけぼの荘」の子。これがこの界隈《かいわい》での明生の名前だ。

中学に入学すると、駿は仲の良かった智也から、「バスケット部に入ろうよ」としつこく誘われたのだが、「どうせ補欠やもん」と断って、ふっと何かに背中を押されるように美術部に入部した。必ず何かしらのクラブに入らなければならなかった。ただ、入部する以前に、美術に興味があったわけではない。

美術部に入った新入生男子は、駿と明生だけだった。女子は五、六人ほど入部したが、夏休みになるまえには、上級生たちと喧嘩別れのようにして、全員退部してしまった。結果、同じ学年で美術部なのは、駿と明生しかいない。

「さっき、鮫島《さめじま》さんに御旅所《おたびしょ》のまえで会《お》うたよ」

客足が途切れるのを待って、水槽の端に立つ明生がそう声をかけてくる。駿は客から受けとった代金を金庫に入れながら、「鮫島さん、元気やった?」と訊き返す。

「毎日、課題、課題で、たいへんって……、そう言いよった」

「ふーん」

「でも、日大付属のデザイン科に入れたのやもん、仕方ないよ」

鮫島というのは、今年卒業した美術部の先輩だった。

珍しく気をきかせてくれた義和が、「駿ちゃん、せっかく友達が来たのやけん、そのへんでぶらっと遊んでくれれば」と言ってくれたが、駿は、「いや、よか」と断った。

「三年になったら、工業デザインの授業もあるって。鮫島さん、車のデザイナーになりたいって言いよったやろ」

明生がうらやましそうに手で車の形を作る。

「俺ら、日大付属には行けんもんなぁ」

駿が何気なく呟いた言葉に、一瞬、明生の表情が曇る。そこにはお前と一緒にするな、と言いたげな色がある。

「俺は、爺ちゃんに頼めば行ける。お前の家とは違う」

明生が口を尖《とが》らせて虚勢を張る。日大付属は私立校だった。公立に比べると授業料が高い。

明生と話し出すと必ず客がやってきた。邪魔になると思うのか、「じゃ、俺、そろそろ行くけん」とその度に明生が言い出すので、駿もその都度、「ちょっと待っとって」と呼び止める。ただ、呼び止めたところで、これといって話すこともなく、お互いにブリキの水槽に浮かぶヨーヨーを見つめている。

また御旅所のほうで、何か出しものが始まっていた。遠い空から、ドンドン、チャッカ、ジャーパーと、中国風の太鼓や銅鑼《どら》の音が落ちてくる。

「あ、そういえば……、アーケードの古本屋に、『ジョット・ペルッツィ礼拝堂』ってタイトルの洋書があって、たぶん画集やろうと思うけど……、カバーがかかっとって、値段が二万円もした」

針にこよりをつけていた駿に、急に明生が声をかける。

駿はこよりをつける手をとめ、明生の顔を見上げる。

「ペルッツィ礼拝堂？」

「よう分からんけど、たぶんイタリア語でそう書いてあったと思う……」

駿は首をひねったままだ。

「ジョットって言えば、スクロヴェーニ礼拝堂とか、サン・フランチェスコ聖堂なら有名やけど、ペルッツィ礼拝堂なんて、聞いたことないやろ？」

明生が何を言っているのかも、駿には分からない。

「欲しかったけど、二万円もしたら手が出らんよ……」

自嘲《じちよう》気味な明生の呟《つぶや》きに、駿はただ「うん……」と肯き、手元のちり紙をねじって、針に用心深く結びつける。

学校の図書室にある美術全集を、駿も何度か借りて眺めたことはある。ただ、駿には、この画家が一番好きだと思えるものがない。明生が絶賛するジョットやフラ・アンジェリコが描いたフレスコ画も、正直なところあまりピンとこないし、明生は大人になったらいつかフィレンツェに行くと宣言するが、まだ長崎さえ出たことのない駿には、それもまたピンとこない。

美術全集には、明生が特に気に入っているスクロヴェーニ礼拝堂の「キリスト伝」が掲載されていて、「ちょっと見ろよ、このラピスラズリの青」などと、まるで自分が作り出した色のように、明生はそのページを広げて見せる。

駿が思わず明生に抱きついてしまったのは、まさにそのときで、なぜ抱きついてしまったのか、自分でもよく分からないのだが、目のまえでうれしそうに画集を広げる明生の様子が、どこかとても神聖に見えたのは確かだ。今、抱きついておかないと、このままさっと消え去ってしまうような、そんな奇妙な焦《あせ》りを感じた。

とつぜん駿に抱きつかれた明生は、一瞬、身をかたくしたが、「放せよ」とそのからだを腕で押しのけ、首を傾げながらもまた美術全集の説明に戻った。

やっとすべての針にこよりをつけ終わろうとしたそのとき、店のまえを歩いていた見物客の群れが、さっと道をあけた。駿のいる場所からは、その先に何があるのか見えなかったが、横に座っている義和の目には見えるらしく、一瞬ほころばせたその顔が、さっと緊張の色をはらむ。

とっさに駿は立ち上がる。泥酔《でいすい》した文治が、見物客らの失笑を買いながら、通りの真ん中を千鳥足で歩いてくる。

「あちゃぁ〜。兄さん、そうとう酔うとらす」

横で義和が舌打ちをする。

あっちへふらふら、こっちへふらふら、まだ体格の良かったころに仕立てた白い背広が、痩《や》せたそのからだにはみすぼらしいほどぶかぶかで、周りの露店からは、「大将、大丈夫な？」とからかい半分の声がかかる。

ブリキの水槽を跨《また》いだ義和が、文治の元へ駆けよって、「兄さん、大丈夫ですか？」と倒れかけたそのからだを抱き起こす。

義和に抱えられ、どうにか店のまえまでやってきた文治のからだを、駿が無理やりなかへ引っ張りこむ。何が不満なのか、文治が水槽を蹴《け》る。怯《おび》える義和に代わって、駿がその足を必死に抱える。文治は自分がどこにいるかさえ分かっていない。呂律《ろれつ》も回らず、何も知らずに客が寄ってくると、その客に唾《つば》を浴びせる。

結局、十五分ほど三人で格闘した末、このままじゃ商売にならないからと、義和がタクシーで三村の家まで送っていくことになる。

「駿、コラッ、おまえも来い！」

露店の並んだ通りの向こうから、いつまでも文治の声が聞こえてくる。

「今の誰？」

明生は水槽の端にずっと立っていた。その顔には軽蔑《けいべつ》するような色が浮かんでいる。

「俺の伯父さん」

駿は素っ気なくそう答える。

「ふーん」

明生はそう言ったきり黙り込む。

一度だけ駿は明生の家に遊びにいったことがある。もう何年も前に連れ合いに先立たれた年老いた男の家で、三村の家と同じようにどこか暗い印象があり、冬でも汗臭いダボシャツを着た明生の爺《じい》さんは、ちょっと喋《しゃべ》ると喉《のど》を詰まらせ、まるで反吐《へど》のような痰《たん》を吐く。

一度、その爺さんに、「三村っていうと、あの下平のか？」と駿は訊かれた。何を訊こうとしているのかすぐに察した駿は、「いえ、下平じゃないです」と答えた。嘘《うそ》ではなかった。実際、下平にあるのは龍彦の組なのだ。

「ほうか。あの三村じゃないか。そりゃ、よかった」と爺さんは言った。以後、明生と遊ぶときは、三村の家に呼ぶようになった。

「三村、『太陽がいっぱい』って映画、観《み》たことある？」

離れの壁には、未《いま》だにアラン・ドロンやモニカ・ヴィッティのポスターが貼《は》られている。それを見た、明生の質問がこれだった。

明生の説明では、その映画でアラン・ドロン扮《ふん》する貧乏な青年が、裕福な親友の美しい恋人に贈るプレゼントが、「ジョットの画集」らしかった。

「なぁ、三村って、この町から出ていきたいって思ったことないや？」

離れに置かれたダブルベッドに寝ている明生が呟く。とつぜんの問いかけで、駿にはこの質問が、まるで誘われているように響く。

「なんで？」と、駿は窺《うかが》うように訊き返す。

「俺、ある。いつかここから出て行ってやろうって、いつも思うとる」

駿は脱いだ学生服をハンガーにかけながら、明生を見つめる。

「中学生が家出したって、補導されて終わりぞ」

そう言いながらも、駿は誘われるのを待っている。

「もちろん中学卒業するまで待つ。それまで待って、卒業したらすぐに……」

「どこに？」

駿は慌《あわ》てて口を挟む。

「どこにって、それはまだ決めとらんよ」

「家出してどうするつもりや？」

「どうするって、働いて……」

「どこで？」

「どこでって、そんなもん、どこだって働けるよ。もし自分で見つけられんやったら、名古屋で車の部品工場しとる親戚《しんせき》の家に行く。今は引き取ってもらえんけど、俺が中学卒業すれば、住み込みで働かせてくれるって、前にそう言われたことがある」

お前も一緒に来るや？　そう言われるのを駿は待つ。しかしいくら待っても、明生の口からその言葉は出てこない。

「そこのおじさん、息子がおらんけん、将来は俺にその工場を継げって。小さい工場やけどな。今は社員がたったの五人……」

嬉《うれ》しそうに話す明生の目は、まったく駿に向けられない。

義和が泥酔した文治を連れて帰ると、店にはまた次々に客がやってきた。途中で義和が声をかけていってくれたらしく、数軒先でフレンチドッグ屋をやっているおやじさんが、「なんかあったら、すぐ言いにこい」と、わざわざ顔を見せに来てくれた。

客の応対に追われているあいだに、明生は店先からいなくなっていた。手伝ってもらいたかったが、学生服で店にいれば、何かと問題も起こる。

「……アーケードの古本屋に、『ジョット・ペルッツィ礼拝堂』ってタイトルの洋書があって、たぶん画集やろうと思うけど……、カバーがかかっとって、値段が二万円もした」

客に釬を渡していた駿の耳に、ふと明生の声が蘇《よみがえ》る。

タクシーで三村の家へ向かって二十分、文治を寝かしつけ、ふたたびタクシーでここまで戻ってくるのにまた二十分。明生がアーケードの古本屋で見かけたという「ジョットの画集」が二万円。

もうずっと昔から離れの壁には、アラン・ドロンのポスターが貼ってある。明生の話では『太陽がいっぱい』という映画で、このアラン・ドロン扮する貧乏な青年が、裕福な親友の美しい恋人に贈るプレゼントが「ジョットの画集」なのだ。

ふと、アーケードにあったという「ジョットの画集」を、明生にプレゼントしてあげたいと駿は思う。この場合、自分が貧乏な青年となり、裕福な親友の美しい恋人が明生ということになる。では、裕福な親友とは誰だろうか？

ぼんやりしている駿に、「もう一回、くれんね」と客から声がかかる。駿は慌てて、こよりをつけたばかりの針を渡す。男客は青いマーブル模様のヨーヨーに狙《ねら》いを定め、静かに針を近づけていく。針先がゴムの輪にかかる寸前、濡《ぬ》れたこよりの色が変わり、溶けるように切れてしまう。水中を重い針が沈んでいく。沈んでいく針を見つめていると、あの日、美術室で思わず明生に抱きついてしまったときの気持ちが蘇る。今、抱きついておかないと、このままさっと、明生が目の前から消えてしまいそうな奇妙な焦り。碇《いかり》を下ろせば、船はそこから動けない。錘《おもり》をつければ、人もそこから動けなくなるのだろうか。ジョットの画集を贈った青年は、その後どうなったのだろうか？裕福な親友の美しい恋人を、ずっとそばにおいておけたのだろうか。

義和が戻ってくるまで時間がなかった。文治や義和にばれないように、売上金からこっそりと二万円抜きとるには、千円札だけではなく、百円玉、五十円玉、十円玉と、なるべく目立たないように集める必要がある。

ただ、それだけをやっていられるのであれば、ものの五分で済むのだが、店にはひっきりなしに客がやってくる。客が来れば、その人が誰かに告げ口するわけでもないのに、手元がふるえて小銭がこぼれる。

それでも駿は、どうにか義和が戻ってくるまでに、二万円分の小銭をビニール袋につめ、持参したリュックに隠した。義和が気づいた様子もない。

この日は後日《あとび》ということもあって、七時をすぎたあたりで、「駿ちゃん、先に帰ってよかよ。あとは俺がやってくけん」と義和に言われ、駿はなるべく平静をよそおってリュックを背負う。

バス停に向かって、まだ露店を見て歩いている見物客たちのあいだを縫う。リュックを背負ったとたん、二万円分の小銭の重さが肩に食いこみ、もしもこの事態を文治が知ることとなった場合の光景が生々しく浮かんでくる。千鶴や婆《ばあ》さんの財布から、小銭を盗んだわけではない。

下平へ向かうバスの座席で、駿は自分自身に言いわけするように、「三日間、朝から晩まで働いたとぞ。これくらいもらってもかまわん」と呟き続ける。まるでバスの乗客たちが、みんな自分の背負うリュックを見ているような気がする。

三村の家に戻ると、文治が座敷でひっくり返っていた。駿は誰にも見られていないのを確認すると、玄関へは入らず、裏庭に向かう。この盗みを思い立ったときから、すぐに「ジョットの画集」を買いにいく度胸などない。まず、数日、もしくは数週間、文治や義和の様子をうかがって、それでも安心だと分かった時点で買いにいく。そして、それまでの金の隠し場所として、今では雑草が生えているだけの裏庭の花壇を選んでいる。

穴は手で掘った。リュックを背負ったままなので、ときどき背中でジャリ、ジャリと小銭が鳴る。縁側から座敷の明かりとともに、文治の高鼾《たかいびき》が伸びてくる。ほとんど呼吸も止めて、駿はせっせと穴を掘る。やっとビニール袋が隠せるほどの深さになると、そっと背中からリュックをおろし、音を立てないようにビニール袋を取り出す。穴に埋めて、足で固めた。それでもまだ安心できず、また土をかぶせて、足で踏みつける。

玄関へ戻り、素知らぬ顔で「ただいま」と声をかけると、台所から顔を出した千鶴が、「あら、なんね、その手は？」と、泥だらけの指先を見る。

駿はつい慌ててしまい、何も答えられずに靴を脱ぐ。座敷で高鼾をかいている文治を跨ぎ、逃げるように奥の部屋へ駆け込む。

「お兄ちゃん、先にお風呂《ふろ》に入りなさいよ」

千鶴の声が、すっかり軽くなった背中に響く。

奥の部屋では、小学校三年生になる悠太が机に向かっている。国語の教科書を朗読していたらしく、口を半開きにして駿の顔を見上げる。

「ヨーヨー屋、おもしろかった？」

悠太は三日続けて同じ質問をする。

「ああ」

駿が目も合わせずに答えると、悠太はふたたび国語の教科書を読み始める。駿はその幼い声を聞きながら、爪《つめ》のなかまで泥のつまった自分の指を、何度もズボンにこすりつける。


翌日、駿は熱を出した。布団《ふとん》からも出られず、隠した金は正当な報酬なのだと思いはするが、そう思えば思うほど熱が上がって意識が遠くなる。千鶴に渡された薬を飲んで、昼すぎまで眠っていると、襖《ふすま》の向こうの座敷から懐《なつ》かしい男の声がした。

「すんません。兄貴、ほんとにすんません」

頻《しき》りに謝るその声は、紛れもなく井口と一緒に姿を消した正吾の野太い声だった。

しばらくのあいだ、駿は夢でも見ているのかと思っていた。正吾さえいれば、この三村の家が、こんな状態にはならなかったのではないか、私立校だろうが、県外だろうが、行きたい高校に自分も行けるのではないだろうか、そう思う気持ちが、こんな夢を見せているのだと。

しかし、いくら夢だと思い込んでみても、襖の向こうからは、紛れもない正吾の声が途切れ途切れに聞こえてくる。

どれくらいぼんやりとしたのか。起きていたのか、眠っていたのか。ふと気がつくと、窓から夕日が差し込んでいる。相変わらず、襖の向こうからは千鶴や文治の声に混じって、正吾の声が聞こえてくる。

駿が重たいからだを起こして、布団から出ようとすると、枕元《まくらもと》の襖がすっと開く。そこに立つ正吾は、数年前とまったく変わっていない。口髭《くちひげ》を生やしているが、その下の唇は相変わらず血が塗られたように赤い。

「なんや、坊主《ぼうず》、もう髭が生えてきたやっか」

駿がその口髭を見ていたからか、正吾はそう言うと、布団の横にしゃがみ込み、産《う》毛《ぶ》が濃くなってきた駿の鼻の下を強くつまむ。

正吾のからだから、男物の香水のにおいがする。襟にバッジをつけたグレーの背広を着込み、腕には金時計をはめている。

「帰ってきたと？」

にごった声で駿は尋ねる。ニタッと口元をゆるめた正吾が、「坊主らに小遣い渡しに、ちょっと寄っただけたい」と笑う。

「爺ちゃん、死んでしもた」

駿は言った。言うつもりなど、まったくなかった。

「おう。さっき姐《ねえ》さんに聞いた。遅うなったばってん、香典、供えさせてもろた」

正吾はそう言いながら、尻《しり》ポケットから財布を取り出す。一万円札を二枚抜きだし、「ほれ」と、駿の顔に押しつける。そして、「あ、そやった。俺、小便に来たとやった」と笑い、駿が寝ている布団を跨《また》いで、そのまま便所に姿を消す。

座敷では久しぶりに酒の用意がはじまっている。昔のように賑《にぎ》やかな宴会が始まろうとしている。枕元に置かれた正吾の金は、指先が切れるほどのピン札だった。

正吾が滞在した三日間、三村の家では毎晩、昔ながらの酒宴が続いた。神戸にある井口の組で、正吾は一角《ひとかど》の地位についているらしかった。市内各地からいろんな男たちが挨拶《あいさつ》にきた。賑やかな酒宴の席で、正吾は、文治よりも、龍彦よりも、上座に座った。文治は正吾が若かったころの話を披露して場を盛り上げ、龍彦は、これでうちの組も安泰だと、強く正吾の手を握った。

裏庭に埋めた金は、結局、文治にはバレなかった。正吾が三村の家に帰省した騒ぎで、水玉屋《すいぎょく》のあがりなど文治の頭からは消えていた。そして、駿の手元には、正吾からもらったピン札の二万円があった。垢《あか》に汚れた小銭の二万円など、もう必要ではなくなっていた。

正吾がいよいよ神戸に戻る日になった。駿は中学の授業が終わると、走って三村の家に戻った。出発は三時過ぎだと聞かされていた。走って坂を上れば、どうにか間に合う時間だった。

長い県道を駆け上がり、そこから石段を駆け下りる。石段の入り口をふさぐように、一台のタクシーが停まっている。石段を降りた駿が、息を切らせて三村の家に駆け込むと、ちょうど正吾が玄関で靴を履いている。

「おう、駿」

駆け込んできた駿を、正吾がちらっと見上げて声をかける。正吾の背後には、千鶴と文治が立っている。

「兄さん、ほんとにここでよかですよ」

靴を履き、立ち上がった正吾がそう言って、「お世話になりました」と、背後の二人に深々と頭を下げる。

「お前も気つけて」

文治が少し寂しそうに正吾の肩を叩《たた》く。駿は千鶴も何か言葉をかけるだろうと思ったが、文治の横でただ静かに肯《うなず》いただけだった。

「駿、そこまで送れ」

玄関を出ようとした正吾が、そう言って駿の背中を押す。押されるままに、駿も玄関先へ出る。

「上に、もうタクシー来とったか?」

正吾に訊《き》かれ、駿は肯いた。

正吾は家を出る前に、もう一度、文治に黙って頭を下げた。そしてあとは一度も振り返らずに、狭い石段を上がっていく。よく磨かれた正吾の革靴が、カツン、カツンと小気味のよい音を立てる。

石段を上り切るまで、正吾は口を開かなかった。駿も黙ってあとに続いた。県道にはタクシーが待っている。石段を上がってきた正吾がルームミラーで見えたのか、最後の一段を踏んだところでドアが開く。

駿が二万円の礼を言おうとすると、タクシーに乗り込もうとした正吾が、ふとその動きを止める。

「……なあ、駿」

振り向いた正吾が、険しい顔で駿を見る。

「……もし、俺のことが憎うなったら、いつでも俺を殺しに来い。いつでも相手になってやる。いつでも本気で闘こうてやる」

そう言いながら、正吾が駿の細い首を摑《つか》む。駿は何のことだか分らずに、亀《かめ》のように首を縮めて正吾を見上げる。正吾はまっすぐに駿を睨《にら》む。

改めて駿の首を片手で絞めると、正吾は駿の胸をドンと突いて、そのままタクシーに乗り込んでしまう。駿は、きょとんとその姿を見送る。

タクシーは音も立てずに坂道を降りていく。県道の坂道にぽつんと取り残された駿は、正吾に絞められた火照《ほて》った首をいつまでも撫《な》でる。

千鶴が正吾を追って三村の家を出たのは、それから二日後のことだった。駿が学校から戻ると、すでに千鶴の姿はなかった。先に話を聞いたのだろう、奥の部屋で、悠太が声を殺して泣いていた。

婆さんは、「お母さんのこと、恨むな」と言った。「お前たちの面倒は、この婆さんが責任もってみる。いくら息子でも、女を縛りつけることはできん」と。

駿は婆さんの話を聞きながら、タクシーに乗り込む前に、とつぜん正吾から言われた言葉を思い出す。憎うなったら、いつでも来い、と正吾は言った。そして婆さんは、お母さんのことを恨むな、と言う。

駿は黙って婆さんの前から立ち上がると、悠太が声を殺して泣いている奥の部屋へ向かった。部屋に入ってきた駿を、顔を涙でびっしょりと濡らした悠太が見上げる。

「心配いらん」

駿は表情を変えずにそう告げる。

「心配いらん」

もう一度、声に出すと、少し気持ちが落ち着いてくる。

「心配いらん」

駿はそう言って悠太の頭を撫でる。

「心配いらん」

また言って、溢《あふ》れそうな涙を堪える。

その晩、酔った文治が、下平のアパートから三村の家にやってきた。すでに泣き疲れた悠太は眠っている。文治は布団のなかにいた駿を引っ張り出すと、無理やり服を着せて外へ連れ出した。背中に引き止めようとする婆さんの声がする。タクシーに乗せられ向かった先は夜の街で、タクシーのなか、文治は一言も口をきかない。

背中を押されて入った店は、ひどく狭いスナックだった。客はおらず、太った女がカウンターのなかにいた。オドオドとその場に立ち尽くす駿を見て、「あらぁ、兄さん、まだ子供やないねぇ」と女が言った。

「いつまでも、かあちゃんに甘えとられるもんか」

文治がそう吐き捨てて、駿の薄い背中を押し出す。店の奥に、狭く、急な階段がある。トントントンと音が立ち、その階段を白い女の脚が下りてくる。

「二階に行け」

スツールに腰を下ろした文治に言われ、駿はとっさに首をふる。

「お兄ちゃん、ここにおっても仕方ない。二階で待っとらんね」

カウンターの向こうに立つ太った女がそう言って、階段のほうに顎《あご》をしゃくる。階段の途中で止まっていた女の白い脚が、今度は音も立てずに上がっていく。

# 清二と白い絣《かすり》の浴衣《ゆかた》

「おまえ、哲也か？　……そこにおるの、なあ、哲也じゃろ？」

離れに置かれたダブルベッドの端に、ちょこんと正座した婆《ばあ》さんが、背を丸めたま
ま手元で縫う男物の浴衣《ゆかた》から目も離さずに、背後とも天井とも思える方角にぽつりぽ
つりと声をかけている。背後にも、もちろん天井にも相手はいない。薄暗い離れには
蛍光灯もついておらず、婆さんの縫い針が、プッ、プッと立てる音だけが響く。

「……そういや、まあだ駿がこまかったころ、ここに幽霊がおるて、よう言いよった。
まあさか、ほんとにお前じゃったとはねえ。ほれ、婆さんもこのとおり、耄碌《もうろく》してし
もて、目ぇも、耳も、すっかり悪うなってしもた。おかげでよう見えるぞ。おまえの
声がよう聞こえる。……あれから、ずうっとここにおるのか？　あれからずうっと、
おまえ、ここにおったのか？　……駿ばっかり化かしとらんで、たまあにゃ、婆さん

のところにも出てきてくれればよかったろうに。なんで出てこんやった？　己で首くってしもたこと、婆さんが咎《とが》めるとでも思うたか？　なんも咎めやせんよ。我が子がなんしたところで、女親が咎めるもんか。なんしたって、我が子は我が子。腹のなかにおる時からそうやのに、なんもこげん日も当たらん所で、こそこそ暮らすことのあるもんかよ。なんに未練あって、ここにおる？　何が見とうてここにおる？」

そのとき、離れの木戸がカタッと鳴る。すうっと糸を通した婆さんが、その布地を口によせ、プツンとヤニだらけの前歯で糸を嚙《か》み切る。

「誰な？　そこにおるのは」

婆さんは振り向きもせずにそう尋ねる。カタッと鳴った木戸から、誰が入ってくるわけでもない。婆さんは残り糸を縫い針に巻きつけ、浴衣の裾《すそ》を皺《しわ》だらけの指でしごく。

カタッと鳴った木戸の向こうには、小学生の悠太が立っている。クックッとこみ上げてくる笑いを小さな手で押さえて。

木戸の隙間《すきま》からは、ベッドの端にちょこんと正座した婆さんの背中が見える。手元で繕われている白絣の浴衣は、以前、正吾が着ていたもので、裾上げされると、駿へのおさがりとなる。

先夜、この浴衣をめぐる婆さんと駿とのやりとりを、悠太は仏壇間に寝転がって聞いていた。ちょっと裾を上げればよう似合うぞ、という婆さんに、食卓で夕飯を食っていた駿は、今どき誰がそんなもん着るか、とその浴衣を見ようともしなかった。離れのなかを覗《のぞ》いていた悠太は、母屋《おもや》の玄関先で物音がしたのに気づき、そっと足音を忍ばせて木戸を離れる。裏庭を抜けて、母屋の玄関に回りこむと、上がり框《がまち》に腰かけた学生服姿の駿が、身を屈《かが》めて靴を脱いでいる。

「兄ちゃん、ちょっと離れに来て」

悠太は笑いを噛み殺しながら声をかける。学生帽を取り、ゆっくりと顔を上げた駿が、「なんや?」と面倒くさそうに訊《き》き返す。

「いいけん、ちょっと。……婆さんが、離れで誰かとしゃべっとる」

悠太は堪えていた笑いをそこで吹き出す。

「誰かって誰や?」

無愛想に尋ねた駿は、すでに上がり框に足をかけている。

「いいけん、ちょっと来てって」

悠太はその手首を摑《つか》み、少しむくれた顔をする。駿はその手を無下に払う。かなり乱暴に払ったのだが、悠太の手がまるで糊《のり》づけされたように離れない。

「婆ちゃんが、離れで幽霊としゃべっとる」

駿はふり返って悠太を見た。むくれていた表情に、いつの間にか喜色が浮かんでいる。

「幽霊？」と駿は訊いた。

「そう。幽霊」と、ニヤニヤしながら悠太が答える。

駿は脱いだばかりの靴をつっかけ、裏庭から離れへ回った。荒れた花壇に、泥まみれの草履が片方だけ落ちている。まだ花をつけていない椿《つばき》の濃い緑の葉が、夏の日を浴びてまばゆい。

駿が離れの木戸を開けようとすると、慌《あわ》てて悠太がその腕を押さえる。「シッ！」と唇に指を当て、木戸の隙間から覗けと合図をする。

駿は言われたとおりに木戸の隙間に顔をよせた。そこにはダブルベッドの端にちょこんと正座した婆さんの背中があり、手元に広げられた白絣の浴衣の裾がだらりと床に垂れている。先日、袖《そで》を通してみろと言われて、この離れに持ち込み、そのまま置きっぱなしになっていた浴衣だ。

「……婆さんがこの三村に嫁に来たときにゃ、もうこの離れはあったとぞ。母屋には、まあだお義父《とう》さんらが住んどって……」

耳を澄ますと、中から婆さんの声が聴こえてくる。ぶつぶつと唱えるように話しているのだが、鴉《からす》の鳴き声が遠い空から聴こえてくるような時刻で、木戸を一枚通していても婆さんの声ははっきりと駿の耳にも届く。

「……ほうよ、この離れは昔っから、そげん場所やったんぞ。男と女と、ここで乳繰りおうては、泣いて、笑うて……。この婆さんだって、この離れで、龍彦、身ごもって、文治、孕《はら》んだのもここ。……一子もそう、千鶴もそう、そうして、おまえもここじゃったんぞ……」

場所を譲れと背中を突ついてくる悠太を、駿は後ろ手で押しやって、ますます木戸に耳をこすりつける。

「……ここに、おなご連れ込まんやったのは、おまえだけたい。龍彦も、文治も、今の駿ぐらいの年にゃ、まあだ女にもなっとらんようなパンスケ、街から連れてきて、よう爺《じい》さんに見つかって殴られよった。おまえだけ、おなご連れ込まんで、ここで絵ばっかり描いとったのは。……おなごも抱かんで、絵ばっかり描いて、終《しま》いにゃ首くってしもうて……。ほうよ、今度は駿らの番たい。今に、駿がここにおなご連れ込むようになって、その次は悠太。……いつんなっても一緒。ここでやることたぁ、みんな一緒」

木戸の隙間を独り占めする駿の背中を、悠太が腹立ちまぎれに拳《こぶし》で殴る。ボクッと背骨が軋《きし》むような音が立ち、「うっ」と駿が声を漏らす。殴られた反動で、駿の鼻が木戸にぶつかり、ガタッと立て付けの悪い木戸が鳴る。

ふり返った駿が、悠太の首根っこを鷲摑《わしづか》みすると、「誰な？　駿か？　悠太か？」と問う婆さんの声が中から聞こえる。

駿は悠太の首すじに爪《つめ》を立てたまま、「俺、駿！」と怒鳴り返す。

かなりの痛みであるはずなのに、悠太はいつものように歯を食いしばり、決して声を漏らさない。野良《のら》犬のように喉《のど》を鳴らして、ギリギリと嚙み合わせた歯のあいだでは、唾《つば》ともよだれともつかない泡が、プツプツと溢《あふ》れて消える。

つい最近まで、ちょっと叩《たた》いただけでもすぐに泣きべそをかいていた悠太が、こうやって懸命に痛みを堪えるようになったのはいつからだろうか。

亀《かめ》のように首を縮めた悠太を足蹴《あしげ》にすると、駿はもう片方の手で木戸を開けた。

「そこで何しよる？　入ってきて、この浴衣に袖通してみい」

ふり向きもせずに婆さんの背中が呟《つぶや》く。

首から手を放してやると、さっと身を翻《ひるがえ》した悠太が、蹴られたほうの足で今度は駿を蹴ろうとする。駿はさっと飛び退《の》く。空振りした悠太の足が、ズボッと飛び石のあいだにはまる。

足を引き抜く悠太を置いて、駿はひとり離れに上がる。相変わらず背中を丸めて、針を通している婆さんの背後で、ぐるりと離れの天井を見回してみるが、油絵の具で落書きされた往年の映画スターのポスター以外、そこに誰かの気配があるわけではない。

「婆さん、今、誰としゃべっとった？」と駿は訊いた。

「誰ともしゃべっとりゃせんよ」と婆さんが笑う。

駿がダブルベッドの端に腰かけるとマットが傾き、「あいたた」と婆さんがつんのめりそうになる。

「なぁ、今、誰かとしゃべっとったろう？　誰や？　誰としゃべっとった？」

改めて駿が尋ねれば、入口から顔を覗かせた悠太が、「幽霊やろ？　な？」と声をかけてくる。

「ほんとに幽霊や？」と、駿は婆さんの顔を覗き込んだ。

「ほうれ、できた」と婆さんが背を伸ばし、胸のまえで白絣の浴衣を広げてみせる。

「なぁって。……婆さん、今の、幽霊や？　なぁ？」

胸に押しつけられる浴衣を払いながら、駿はもう一度そう尋ねた。

「婆さん、誰ともしゃべっとりゃせんよ。兄弟揃《そろ》うて、婆さんのことボケ扱いな？」

「ばってん、今、ここでぶつぶつ言いよったろう？」

駿は浴衣を摑んでベッドから立つと、子供のころ、いつもその声が聞こえていた北側の土壁を睨《にら》みつける。

「ほれ、ちょっと袖通してみい」

婆さんが、浴衣を引っ張る。駿は、「着らんよ、こんなもん」と言いながらも、さらさらとした浴衣を指のあいだに通して、その感触を味わってみる。

「今に、駿がここにおなご連れ込むようになって……」

婆さんがさっき呟いた言葉が蘇《よみがえ》る。駿は改めて天井や壁を見渡した。子供のころ、自分にだけ聞こえていた声が、今、婆さんにも聞こえるのなら、やはりあの幽霊は、ずっとここにいるのに違いない。

一週間ほど前、龍彦が興《おこ》した土建屋「三村組」で毎年恒例になっている海水浴に、駿は無理やり連れて行かれた。去年まではまだ子供扱いされていて、行きと帰りは龍彦の女房が乗る乗用車に同乗していたのだが、今年は背だけがひょろっと伸びたこともあって、いつもの車に乗ろうとすると、「駿、おまえはあっちに乗れ」と、龍彦に背後のトラックを指差された。

この幌《ほろ》つきトラックは、日ごろ資材を運んでいるもので、荷台にはすでに三村組の若い衆が七、八人つめこまれており、派手なアロハシャツの胸をはだけた男たちが、汗の浮いた顔をバタバタとうちわで扇《あお》いでいた。

駿が荷台に自分の荷物を置くと、「おう、もう満員ぞ」と、うんざりしたような声が聞こえ、「これじゃ、豚と一緒やっか」と呟いた誰かの声に乾いた笑いが広がった。

駿はそれでも黙って荷台に足をかけた。一番手前に座っていた角刈りの若者が、さっと駿の腋《わき》を掴んで引っ張り上げてくれる。上目遣いに会釈《えしゃく》をすると、「おまえ、社長の親戚《しんせき》や？」と若者が訊くので、駿は「はい」と答えて荷台に跳び乗った。トラックの荷台は、男たちの整髪料や香水で噎《む》せ返りそうだった。

乗り込むとすぐにトラックが走り出す。立って煙草《たばこ》を吸っていた数人が、よろよろと倒れこんで歓声と怒声が沸く。坂道を走り出したトラックは、誰が運転しているのか、スピードを落とさずに大きなカーブを曲がり、荷台に置かれたクーラーボックスや段ボールが、駿らを押し潰《つぶ》すように滑ってくる。

隣にしゃがんでいる若者を真似《まね》て、駿も滑ってくる荷物を足で押さえた。片足を伸ばしたまま、器用に煙草を取り出したその若者が、「吸うや？」と一本駿につき出し、

「いや、いいです」と駿は首をふる。よくよくその横顔を見てみれば、荷台の奥に陣取った男たちよりも更に若そうで、噛んですっかり短くなっている爪は幼く、髪につけたポマードが汗に流れて額をてからせている。

若者は、清二と名乗った。年を訊かれて、「中学三年です」と駿が答えると、きょとんとした清二は、「なんや、じゃあ、俺と一つしか違わんやっか」と笑い出した。

トラックは海水浴場へと向かう県道を、鈍いエンジン音を響かせながら上っていた。崖《がけ》をくりぬいたような道で、短いトンネルに入ると、荷台のあちこちから濁った咳《せき》が響く。

途中、後方から勢いよく近寄ってきた白いサニーに、若いカップルが乗っていた。それを見つけた清二が、聞こえるはずもないのにそのフロントガラスに野卑な言葉を浴びせ、煙草の吸殻を投げつける。助手席に座っていた女が脅《おび》えて俯《うつむ》く様子が、駿の目にもはっきりと見える。

結局、サニーはトラックを抜き去らず、スピードを落として徐々に後方へと離れていった。

海水浴場に到着すると、駿はトラックの荷台から下ろされた重いクーラーボックスを肩にかけ、よろよろと海の家へ向かった。小さな入り江に一軒だけある「入浜荘」という海の家では、先に到着していた者たちが、すでに二階の桟敷《さじき》席で宴会の準備を始めており、迷惑そうな他の家族客のあいだを悠々と横切っていく龍彦らを、「お疲れさまです！」と大声で迎え入れる。

桟敷からは、両側を高い断崖《だんがい》に囲まれた小さな入り江が見渡せ、砂浜を駆け回る子供たちの歓声が、その高い断崖にはじかれて空から落ちてくる。

いくつも並べられた簡易テーブルに、駿が清二とふたりで缶ビールを並べていると、すでに水着に着替えた悠太が、「兄ちゃん、泳ぎに行こう」と声をかけてきた。

「よかぞ、泳いできて。あとは俺がやるけん」

一つしか年の違わない清二にそう言われ、駿は腕を引く悠太に、「先に一人で行っとれ」と冷たく言い放った。

一泳ぎしてきた龍彦たちが戻れば、すぐにここで宴会が始まる。海水に濡《ぬ》れた肌に彫られた刺青《いれずみ》は生々しく、運ばれてくるかき氷やスイカの色も、それに比べれば淡い水彩画にしか見えない。

毎年、龍彦たちの宴会が始まると、迷惑そうに帰り支度をする家族連れもある。昨年はそのなかに駿が通う中学の数学教師の家族もあった。龍彦たちの騒ぎに、今にも泣き出しそうな幼い娘を抱いたその教師は、帰りぎわ、憎々しげに駿を睨んだ。周囲の人々に迷惑がかかればかかるほど、三村の家の宴会は盛り上がった。

仕出しを並べていた龍彦の女房から、「駿ちゃん、あとは女たちでするけん、泳いできてよかよ」と声をかけられ、駿は横に立っている清二と顔を見合わせる。ふと気づいて辺りを見渡せば、男たちはすでに全員砂浜へ出ており、桟敷に残っているのは駿と清二だけになっていた。

「行く？」と駿が尋ねると、「おう」と肯《うなず》いた清二が、「よかとですか？　姐《ねえ》さん」と龍彦の女房に伺いを立てる。しかし龍彦の女房は、すでに桟敷の隅で煙草を吸っている若い女に向かって、「ほら、そこのあんた！」と、ビールを運んでくるように厳しく指示を出していた。髪を赤く染めたその厚化粧の女は、その声に慌てて煙草を押し潰し、おろおろと立ち上がる。

駿も清二も、すでにズボンの下に水着をつけているので、カゴのなかに服を脱ぎ捨てると、日を浴びた砂浜へ駆け出した。先に駆け出した清二が、よほど砂が熱いのか、「あちち、あちち」と慌ててがに股《また》で戻ってくる。潮が引いていて、波打ちぎわが遠い。

足洗い場の蛇口をひねって、駿は清二と交互に足を濡らした。濡れた足が、苔《こけ》の生えた石の上で滑る。

清二を追って砂浜を駆け出すと、濡れた足の指のあいだを熱い砂がくすぐった。トラックの荷台でかいた汗が、潮風ですっと引いていく。駿は大きな波に飛び込んだ。火照《ほて》ったからだがキュッと縮み、股間《こかん》に、冷たい海水が流れこんでくる。

全身ずぶ濡れになって立ち上がると、踏みしめた踵《かかと》が砂に埋もれる。濡れた肩に、熱い太陽の日差しが触れる。

すぐそこで海中メガネをつけた悠太が、小魚を追っている。足元を見れば、駿の周りにも銀色の小魚が泳いでいる。駿は片足をあげ、狙《ねら》いをつけて踏みつけた。踏みつけた海水が大きな飛沫《しぶき》となって辺りに散らばった。

その日、駿が懐《なつ》かしい顔をこの砂浜で見かけたのは、昼食に桟敷で熱いうどんを食べたあと、年長の男たちに無理やり飲まされた酒に酔った清二に誘われて、貸しボートを借りに行ったときだった。

桟敷ではすでに酒につぶれた男どもが、わき腹や肩口に砂をつけたまま、あちらこちらに寝転がっており、海の家のおばさんたちも、仕方なくそのからだを跨《また》いで、グラスや灰皿を交換していた。まだまだ元気が良いのは、別テーブルで料理を囲んでいる女どもで、龍彦の女房を中心に、男どもの様子を横目で見つつ、賑《にぎ》やかな笑い声を上げていた。外が真夏の日差しを浴びているせいか、桟敷のなかだけが洞窟《どうくつ》のように暗かった。海からの風が、女どもの少し濡れた髪を乱す。

貸しボート屋のバイト学生は、清二の肩に浮かぶ筋彫りを見て、少し緊張したようだった。そのバイト学生が砂浜に上げられたボートを波打ちぎわまで押していくのを眺めていると、背後から、「清二!」と叫ぶ女の声がした。

ふり返って見れば、派手なビキニをつけた三人の女が、海の家のほうから近づいてくる。一人はずん胴なのだが、あとのふたりは手足も長く、まるで砂をいやらしく盛ったようなからだをしている。そのうち声をかけてきたのが誰なのか、駿にはまだ分からなかったが、当の清二にはすぐに見分けがついたようで、「なんや! 梨花やっか!」と大声で叫び返した。

三人とも日には灼《や》けておらず、白い肌に真っ赤な口紅が目立つ。

「前にボウリング場で引っかけた女」

駿の耳元で清二がそう囁《ささや》く。「どれ?」と駿が尋ね返すと、「一番右」と、空色のビキニをつけた少女のほうに顎《あご》をしゃくる。

駿は近づいてくるその少女だけに視線を向けた。日差しが強く、顔が白くぼんやりと霞《かす》んで見える。その少女の表情に少しだけ変化が現れたのはそのときで、ちょっと首を傾《かし》げたかと思うと、「あれ、駿くん？　駿くんやろ？」と、素《す》っ頓狂《とんきょう》な声を上げた。

とつぜん名前を呼ばれて、駿は「え？」と、横の清二に顔を向けた。

「なんや、おまえら、知り合いや？」

清二がそう呟いたのと、波打ちぎわのバイト学生が、「いいですよ！」と叫んだのが同時だった。

抱きつかんばかりに駆け寄ってきた少女が、駿の足を踏みそうな場所で立ち止まり、「駿くんやろ？」と、改めてその大きな目で覗《のぞ》き込む。

少しだけ突き出た上唇、目の下の小さなほくろ、見覚えはあるのだが、どこの誰だかが分からない。

「ほら、私、徳永梨花。小学校一年のときに同じクラスやったろう？」

そう言われて、駿も、「あっ」と短く声をもらした。

「私、覚えとる？」

「うん、覚えとるよ」

遅れてやってきたあとの二人が、首を傾げて梨花を見ている。

「なんや、おまえ、駿ちゃんと同級生ってことは、まだ中学生や?」

清二が梨花の肩を軽く押す。「……おまえ、高校生って言うたろうが」と。

そんな清二のほうを見もせずに、「駿くん、まだ、あの家におると?」と梨花が訊《き》く。「うん、住んどるよ、まだ」と駿は答えた。

梨花が急に転校したのは、小学校三年に上がったばかりのころだった。両親が離婚したらしく、港を挟んで反対側の街に母親と二人で引っ越したと聞かされた。一度だけクラス全員で、引っ越した梨花に手紙を出した。数日後、クラスには一通だけ梨花からの返事が届き、その宛名《あてな》には「三村駿くんへ」と書かれてあった。

ボート二艘《そう》で沖へ出た。一艘には、駿と梨花が乗り、清二が漕《こ》ぐもう一艘には、梨花の友達ふたりが乗った。

オールを器用に漕ぐ駿の前で、梨花はビニールの巾着《きんちゃく》袋から煙草を取り出す。「駿くんも吸う?」と差し出され、駿は、「いや、いらんよ」と首をふる。

遊泳区域を記すブイまで来ると、舳先《へさき》には水平線だけしかない。さっきまで立っていた砂浜が遠く、ボートが波に揺れるたびに砂浜が傾く。沖合いには音がない。ときどきボートの底を波が鳴らす。

駿はオールを船内に上げると、底に溜《た》まった汚れた海水で手のひらを冷やす。真上からの太陽で、梨花の顔に濃い影ができている。濃い影に、白い煙草の煙がかかる。

「駿くん、彼女おる？」

短くなった煙草を、梨花は海に投げ捨てた。

「いや、おらんよ」

駿は梨花から目を逸《そ》らす。逸らした先に、清二が漕ぐボートがある。三人の頭が、ときどき波の向こうに消える。

「鑑別所に入っとったとよ」

梨花がぽつりとそう呟《つぶや》き、駿はちらっとその横顔に目を向ける。

千鶴が正吾を追って姿を消した晩、文治に連れて行かれた飲み屋の二階の光景がふと駿の脳裏に蘇《よみがえ》る。店の太った女に、無理やり背中を押されて駿は二階へ上がった。二階には六畳間が二つ続いていた。どちらの部屋にも花柄の布団《ふとん》が敷かれ、枕元《まくらもと》に赤いライトが置いてあった。

手前の布団に座っていたのは、まだ若い女だった。その横顔が、昔、三村の家にいた奈緒という女にどこか似ていた。

「ここに座らんね」と女は言った。

それでも駿が、じっとその場に立ち尽くしていると、「この部屋、よか匂《にお》いのするやろう?」と笑う。

駿には何の匂いもしなかった。昔、鯨肉を切る奈緒に、「ぼくも生?」と駿は訊いたことがある。そのとき、「そうよ。人間は誰でも生よ」と笑った奈緒の顔がふと浮かんだだけだった。

「なんで、鑑別所に入っとったと?」

駿はボートの縁から伸ばした手で波に触れた。ボートに書かれた海の家の名前が、透き通る海面に映っている。

「別になんもしとらんよ。家出ばっかりしとったら、入れられた」

梨花はそう言うと、アハッと笑った。

「清二さんとはいつから知り合い?」

遠くに浮かぶボートを眺めながら駿は訊いた。

「いつからやったかなぁ……。もう忘れてしもた」

「ボウリング場で知り合ったとやろ?」

「そうやったかなぁ……」

「さっき、清二さんがそう言いよった」

「じゃあ、そうやろねぇ……」

「覚えとらんと？」

「……なんかね、こういう生活しとったら、ああいう男しか寄ってこんとよ。そして、ああいう友達しかできんようになって……」

梨花はそう呟くと、遠くに浮かぶボートを見つめた。駿もその視線を追った。大きな空の下、遠くに浮かぶボートから、清二たちの馬鹿《ばか》笑いがかすかに届く。

駿はふらふらしながら立ち上がると、「おーい！」と遠いボートに声をかけた。自分では腹から声を出しているつもりなのだが、空と海がその声を飲み込んでしまう。

「おーい！」

駿がもう一度、大声を出すと、横で微笑《ほほえ》んでいた梨花が、「聞こえんよ」と笑う。

駿はもっと大きな声で叫んだ。

「聞こえんよ。それに清二って、片方の耳が聞こえんとよ」

梨花の言葉に、駿は腰でバランスを取りながらしゃがみ込み、「片方、耳が聞こえん？」と訊き返した。

「右やったか、左やったか……」

曖昧《あいまい》な梨花の答えに、駿は、「なんで？」と尋ね返す。

「さぁ、知らん。親父《おやじ》さんがおかしな男やったのやろ……、どうせ、その手のことじゃないやろか」

梨花は面倒くさそうにそう言った。それっきり、もう清二が漕ぐボートのほうには目を向けない。

翌日、清二からボウリングに行かないかという誘いの電話があったのは、駿が離れにこもって、夕飯になるはずだった鰯《いわし》をデッサンしているときだった。電話を取ったのは悠太で、「溝口って人から電話」と呼ばれたとき、駿にはそれが清二だとは分からなかった。

電話を切ると、駿は、「ちょっと出かけてくる」と婆《ばあ》さんに告げて家を出た。「どこに？」と訊かれたが、「すぐ戻る」としか答えなかった。もしも清二が電話口で、「梨花も来るぞ」と言わなければ、誘いにはのらなかったはずだ。

下平からバスを乗り継いで、待ち合わせのボウリング場に着くと、すでに清二はレーンでボールを投げており、梨花と、もう一人見たことのない少女が、スコアテーブルで歓声をあげていた。

梨花は海水浴場で見たときよりも、大人びて見えた。港を挟んだ反対側の街で暮らしていたこの数年で、一度大人の女になって、もう一度、少女に戻ったような雰囲気があった。

一ゲーム終わったところで、まゆみと呼ばれていた少女が帰った。清二は必死に引き止めたのだが、「九時までに帰らないと、また外出禁止になる」と聞かず、さっさと靴を脱いでボウリング場を出て行った。梨花は彼女がいてもいなくてもどうでもいいようだった。

残った三人でもう一ゲームやった。

「ねぇ、駿くん、まだ、あの離れって残っとると?」

スペアを出して戻ってきた駿に、点数を書き込むでもなく鉛筆を指で回していた梨花が訊く。

「うん、まだ残っとるよ」

駿は自分でスコア表に点数を書き込んだ。

「そういえば、駿くん覚えとる？　あの離れで遊んどったとき、かっこいいお兄さんがおって、ふたりでマッサージさせられたろう？」

梨花が正吾のことを言っているのは分かったが、ふたりで正吾をマッサージした記憶が駿にはない。

駿が首を傾げていると、「誰や？　そのかっこいいお兄さんて」と、ボールを布きれで拭《ふ》いていた清二が尋ねてくる。

「前に三村の家におった、正吾って人」と駿は答えた。

「正吾って、兄さんらの話に、よう出てくる神戸の正吾さん？」

ボールを胸に抱えた清二が、少し緊張した声を出す。

「そう」と駿は肯《うなず》いた。

「へぇ、ほんとにあげん人が、おまえんちに出入りしとったとや……」

清二は感心したようにそう呟き、決してうまいとはいえないフォームでボールを投げた。

正吾を追って神戸へ行った千鶴からは、今でも月に一度、駿と悠太宛に手紙が届く。悠太は、「そんなもん、読まん」と言いながらも、夜中、こっそりその手紙を読んでいるが、駿はまだ一度も封さえ切ったことがない。離れに置かれた鏡台の引き出しには、封を切られていない千鶴の手紙がもう何十通もたまっている。

たまに文治のアパートに掃除に行くと、その万年床の枕元には、ウィスキーの空き瓶に混じって、「アサヒ芸能」「週刊実話」などが散らばっており、パラパラと捲《めく》ったそれらのページには、関西暴力団の抗争図のようなものがあり、そこには必ず次期組長候補と噂《うわさ》されているらしい正吾の名前や写真が載っている。写真で見る正吾は、昔よりも肉付きがよく、鋭かった眼光も、濁った分だけ世知に長《た》けたように見える。

龍彦の土建屋がここ数年で盛り返したのは、神戸での正吾の出世に関係があるらしい。今ではすっかりヨイヨイになってしまった文治も、そのおかげで大きな顔をして龍彦から生活費をせびっているのだ。

「今夜、三人で駿くんの離れに泊まろうよ」

とつぜん梨花が言い出したのは、ボウリング場を出て、駿がバス停で最終の時間を調べているときだった。

ゲーム中に、あの離れが昔のままで、ときどき夜中まで絵を描くときに使ってはいるが、ほとんど物置のようになっているという話はしていたが、今夜、梨花と清二を離れに連れて帰ることはさすがに憚《はばか》られた。婆さんに見つかれば、清二はいいとしても、梨花を素直に泊めてくれるはずがない。

駿の心配をよそに、「だって、誰も来んとやろ？　みんなでそっと入って、電気もつけずに静かにしとれば見つからんよ」と梨花が言う。

「でも扇風機もないけん、暑かよ」

駿が苦しまぎれにそう拒むと、「そんなもん、いらんいらん。ほら、ボウリング場でちょうどこれ貰《もろ》うてきた」と、清二が電器屋の名前が書かれたうちわで顔を扇《あお》ぐ。別に断ってもよかった。ただ、母親と喧嘩《けんか》してきたという梨花の表情には、どこか切羽詰ったものがあり、結局、「絶対に騒がんなら……」という条件付きで、駿はふたりを泊めることにした。

最終のバスで下平へ向かい、バス停から三人で夜道を帰った。梨花は今年の春あたりから学校にも行かず、遊び暮らしているらしかった。梨花は、母親のことをあのババアと呼んだ。昔、龍彦の一人娘の聖美がそう呼んでいたように、心の底から馬鹿にするような発音だった。

県道からの狭い石段を下りると、駿はあとをついてくるふたりに向かって、「シー」と唇に指を押し当てた。すでに十一時を回っており、電気の消えた家の中からは、婆さんが見ているのだろうテレビの青白い光だけが漏れている。

駿は足音を忍ばせて裏庭へ回り、ふたりを離れに押し込んだ。「靴は?」と梨花が小声で訊くので、「そのまま上がって」とその背中を押した。

先に上がった清二が、何かを踏みつけたらしく、「うっ」と唸《うな》る。その背中を梨花が「バチッ」と叩《たた》き、それが暗闇《くらやみ》に響いて、床を這《は》うようなふたりの忍び笑いが広がる。

「シッ！」

ふたりの動きが止まり、また忍び笑いだけが闇のなかから這ってくる。

駿はいったん母屋《おもや》の玄関へ戻ると、「ただいま」とわざと大声を出してドアを開けた。すぐに奥座敷から、「どこ行っとった？」という婆さんの声がする。

「智也んところで勉強しとった」

靴を脱ぎながら、駿は答えた。

「勉強道具も持たんで、なにが勉強かよ」

すっと開いた襖《ふすま》から、婆さんが顔を覗《のぞ》かせる。婆さんはすでに布団に入っており、蒸し暑い部屋の空気をかき回すだけの扇風機が回っている。

駿は台所の冷蔵庫から麦茶のボトルを取り出すと、座敷を横切って、仏壇間で寝ている婆さんの布団を跨《また》いだ。

「智也んとこのおっ母さん、まだスナックで働きよっとか？」

奥座敷への襖を開ける駿の背中に、布団のなかで寝返りを打つ婆さんの声が届く。

「うん」

駿は短く答えて、襖を閉めた。

奥の座敷では月明かりを浴びた窓ぎわの布団で、枕から頭を落とした悠太が、深い寝息を立てていた。襖向こうの仏壇間で、テレビが消され、婆さんがあくびをする。

駿はしばらく悠太の寝顔を眺めたあと、棚から懐中電灯を取り出した。縁側へ出て、音を立てないように裏口のかけ鍵《かぎ》を外す。庭へ降りると、足の親指から小指へ体重をかけるような慎重さで、飛び石に立ち、息を殺して裏口のドアを閉める。普段は気にもならない飛び石の軋《きし》みが、やけに響く。

離れの木戸を開け、なかに入る。梨花と清二の息遣いは聞こえるのだが、暗くてどこにいるのか分からない。駿は懐中電灯にスイッチを入れる。さっと伸びた光が、ダブルベッドを照らし出す。ふたりはそこにいた。仰向《あおむ》けになった梨花に、清二が覆《おお》いかぶさり、唇を合わせている。

慌《あわ》てて懐中電灯を消そうとすると、光のなかでこちらをふり返った清二が、眩《まぶ》しそうに顔を歪《ゆが》めたまま、「こい、こい」と、駿を手招く。

脅《おび》えて首をふる駿の様子は、光のなかの清二には見えない。駿が首をふるたびに懐中電灯の光がぶれて、離れのあちらこちらを照らし出す。

すっとからだを起こした清二の下で、梨花はじっと目を閉じていた。両手を死人のように胸で合わせ、乱れたスカートを直しもしない。

そのとき、光のなかから清二の手が伸びてくる。懐中電灯を持ったまま、駿はぐいっとベッドに引っ張られる。

行き場を失った懐中電灯の光が、離れの壁を丸く照らした。光の当たらない場所で、清二がベルトを外す音がする。

「駿くん、まだここに幽霊でる?」

すっと伸びてきた梨花の手が、懐中電灯を握る駿の手首を強く摑《つか》む。

「ん?」

思わず大きな声で聞き返し、慌てて、「え?」と声をひそめた。

「ほら、子供のころ、ここに幽霊がでるって、駿くん、よう言いよったろう……」

口ではなく、梨花のからだがしゃべっているように見えた。

「……私、あのころはぜんぜん分からんやったけど、ここ、幽霊おるよ。……どうしてやろう、ここに幽霊がおるの、私、はっきり分かる」

そう呟《つぶや》く梨花の口を塞《ふさ》ぐように、「気色悪かこと言うなよ」と、清二が自分の唇を押し当てる。駿の手首を握る梨花の手に力が入り、危うく駿はふたりの上に覆いかぶさりそうになる。

駿は懐中電灯をベッドに置いた。ちょうど光が伸びた壁に、白絣《しろがすり》の浴衣《ゆかた》がかけてある。

誰のものとも分からぬ手が、駿の手首を摑む。湿った手のひらが、そのままうっと柔らかい梨花の乳房に導く。梨花は声を出さない。まるでそこにいないかのように。

駿はもう片方の手で、懐中電灯のスイッチを切った。浮かんでいた白絣の浴衣が暗闇にとけ、耳元に清二の鼻息だけが残る。

「……駿くん、幽霊が見とるよ」

清二の唇から逃れた梨花が、脅えている風でもなく、淡々とそう告げた。

「え?」

「……幽霊が、駿くんのこと、そこでずっと見とるよ」

駿はビクッとふり返った。誰かがいるようにも思えるし、ただ闇が深いだけのようにも見える。

もう一度、駿は懐中電灯を握った。スイッチを入れると、伸びた光のなかに、清二の右手が浮かび出る。光のなか、その五本の指が、奇妙な形に曲げられている。

# 駿と幽霊

猫の喉《のど》でも撫《な》でるように、駿の長い指が女の乳首を弄《いじ》っている。平坦《へいたん》な駿の腹にのせられた女の顔は、乳首を弄られるたびにゆるみ、ときどき愛撫《あいぶ》の度が過ぎると、パチンと駿の手の甲を叩《たた》く。ダブルベッドに横たわるふたりと同じ格好で、灰皿に二本の吸殻がある。

離れの窓には、雨が叩きつけている。日が落ちて、気温が下がった。ガラス窓を打つ雨音は、まだ火照《ほて》るふたりのからだに、冷たい雨を浴びせるように響く。

「なぁ、梨花」

駿の指が、女の乳首から臍《へそ》へと動く。

「俺な、目が覚めたとき、たまぁに自分でもゾッとするほど、深う眠っとることがある。……お前、そげんことないや？　知らんうちに十五時間も、二十時間も眠っとること」

駿の話を聞いているのかいないのか、梨花が駿の腹から顔を上げ、「ねぇ、誰か、呼びよらん？」と訊《き》く。梨花の熱い息が腹にかかり、じわっとまた汗が出る。駿は耳をすましてみるが、外からは雨音しか聞こえない。

梨花はそれでもしばらく耳をすましているが、やはり空耳だと思ったのか、駿の下半身を覆《おお》うタオルケットを自分の肩口までたぐりよせる。タオルケットは駿の腹の上をすべり波打つ。引き上げられたタオルケットの下から、ぐったりとした駿の性器が露《あら》わになる。

駿は自分の性器を隠すように、寝返りを打って梨花の肩を抱く。今度は白い尻《しり》がむき出しになる。

「いよいよ、来週やねぇ」

そう呟《つぶや》く梨花の唇が汗ばんだ駿の肩で潰《つぶ》れ、まるで言葉そのものがそこで潰れたように響く。

「ほんとに、誰にも言わんで行くつもり？」

梨花はそう言いながら、駿のまつげについた小さな埃《ほこり》を取る。

「向こうで落ち着いたら、手紙でも書くよ」

「とりあえず、美津子先輩のアパートに泊めてもらって、仕事探して、自分たちのアパート借りて……。貯《た》めた百五十万円なんて、すぐになくなるのやろうねぇ」

「錦糸町《きんしちょう》って、どげん街やろな？」

「さぁ……、美津子先輩の話じゃ、東京の中でも田舎のほうって言いよったけど……」

「じゃあ、俺らにはぴったりやな」

「私、子供のころ、何度か東京行ったことあるけど、その街は知らん」

天井を見つめている梨花の髪に、駿は長い指を絡《から》めながら、「……俺なんて、まだ一度もここから出たことなかよ」と呟く。

駿は高校を二年の夏で退学した。それから丸一年、市内のガソリンスタンドで働き、コツコツと九十万円近い金を貯めた。行く当てはなかったが、いつかここを出ていくときのために、地道に貯めた金だった。貯金が百万円を超えれば、行き先が決まるような気がしていた。しかしその直前で、梨花と再会した。梨花も同じ理由で、六十万ほどの貯金があった。

働いていたガソリンスタンドに、梨花はスクーターでやってきた。梨花はすぐ駿に気づいたようだったが、駿のほうは彼女がヘルメットを取るまで分からなかった。

「久しぶりやねぇ。いつ以来？」

梨花に訊かれ、駿はちょっと口ごもって、「海水浴場で一緒にボートに乗って以来やろ」と答えた。

駿が何を言おうとしなかったのか、すぐに悟ったらしい梨花が、「そうね。あのとき以来やね」と笑い、「……あのあと、少しだけ、清二と暮らしとったのよ」と言う。

久しぶりに清二の名を聞き、駿は懐《なつ》かしそうに、「ああ」と肯《うなず》いた。

「清二さん、今、なんしよると？　伯父さんの組やめるとき、ちょっとゴタゴタしとったけど」

「さぁ、知らん。もうしばらく会《お》うてないし」

給油を始めると、ふたりの間にガソリンの匂《にお》いが立つ。すっかり慣れてしまったが、働き始めたばかりのころ、駿はよく自分のからだに染《し》みついたガソリンの匂いで目を覚ました。

梨花の話では、組をやめたあと、清二は三菱《みつびし》造船所の下請け工場に就職したらしかった。ただ、就職した直後に事故で右手親指を失い、今ではその見舞金や障害者給付金で遊んで暮らしているという。

給油を終えると、梨花に名刺を渡された。金色の派手な名刺には「ラ・セゾン」というスナックの名前があり、その下に「りょう」と小さく書かれてあった。

母屋《おもや》のほうから、「駿！　おらんのか？　駿！」という婆《ばあ》さんの呼び声が聞こえる。梨花が慌《あわ》ててタオルケットで乳房を隠し、「ほら、やっぱり、呼んどるよ」と入口のほうに顔を向ける。

すぐに木戸が叩かれる。

「駿よ、おるとじゃろが？」

雨の滲《にじ》んだ木戸を通して聞こえるからか、婆さんの声がどこか湿っぽく響く。

「おるよ！　なんね？」

駿は梨花の首の裏から腕を抜くと、むくっと上半身を起こす。胸にのっていた梨花の手が、すっと下腹をすべって股間《こかん》に落ちる。

「風呂《ふろ》沸いたぞ。早う、入れ。それとも、誰かおるのか？　おるなら、先に入ってもらえ。おまえたちが入らんと、あとがつかえてしまう」

婆さんは一方的にそう告げ、「しっかし、いつまでもやまんなぁ……」と、足元を濡《ぬ》らしているのだろう雨に悪態をつき、下駄《げた》を鳴らして母屋のほうへ戻っていく。

「お風呂、入ってこんね。私、そろそろ帰るけん」

いつ木戸を開けられるかとヒヤヒヤしていたのか、じっと婆さんの声に耳を澄ましていた梨花が、また駿の腹にその熱い頬をのせる。

「泊まってけば？」

駿はそう尋ねながら、ベッドを降りた。盛り上がった白い尻に、乱れた毛布のあとが赤く残っている。

「今夜、陽子たちと会う約束のあるけん」

「陽子って、陽子たちと会う約束のあるけん」

「そう。……ほら、いよいよ出発が来週やろう、だけん、みんなが送別会開いてくれて……、まとめてやってくれればいいとやけど、みんな、バラバラにやってくれるもんやけん。来週まで大忙しよ」

梨花の声を背中で聞きながら、駿は畳に落ちているパンツを拾う。もう何十年も替えられていない畳は黄ばみ、踏むとふやけたように沈む。

「送別会、どこね？」

パンツを穿《は》く駿の背中を、ベッドからじっと梨花が見ている。

「新地のほうやろ」

「何時から？」

「みんな仕事が終わってからやけん、八時ごろ行けばよか」

駿は鏡台に置かれた古い目覚まし時計に目を向けた。子供のころから、三村の家にあるこの時計は、電池式ではなく、未《いま》だに毎晩ネジを巻かなければならない。

「風呂から出たら、車で送ってってやるよ」

「ほんと？」

「どうせ、九時から仕事やし」

「あの車、どうすると？ 売っていく？」

「いやぁ、あんなボロ車、売れんよ」

シャツを羽織った駿は、木戸を開けて雨の中へ飛び出し、濡れた飛び石を踏んで母屋に渡った。裏戸から薄暗い座敷へ入ると、婆さんと学生服姿の悠太が、畳に寝転んでテレビを見ている。

「また、誰か、おなご、連れ込んどるのか？」

寝そべったままの婆さんに訊かれ、駿は黙って肯く。悠太のほうは、座敷へ入ってきた兄を見ようともせず、まるで無理に目を合わせないかのように蚊取り線香のコマーシャルを睨《にら》んでいる。

「その子も風呂に入るなら、先に入れろよ。遅うなって、行ったり来たりされたらたまらんぞ」

いつもの愚痴をこぼし始めた婆さんに、「やかまし！　テレビが聞こえん！」と悠太が怒鳴る。駿はその尻を軽く蹴《け》った。「やめろ！」と、その足を払いながら、悠太が畳の上をイモ虫のように動く。ふざけついでに、駿はもう一度、その尻を蹴ろうとする。その瞬間、さっと態勢を変えた悠太が、駿の軸足に食らいつく。とっさのことで、駿はバランスを崩して倒れそうになる。悠太の歯が、駿のふくら脛《はぎ》に食い込む。思わず、うっと声を漏らして、駿は畳に尻餅《しりもち》をつく。

「俺に触るな！」

悠太が叫び、「やめろ、ほら、やめろ！」と、慌てて婆さんが止めに入る。嚙《か》みつかれたふくら脛に、赤く濡れた歯型が残る。

「迎えに行きたかなら、おまえ、一人で行けばよかろうが！」

立ち上がった駿は、腹立ちまぎれにそう叫び、風呂場へのガラス戸を乱暴に開けた。

神戸の正吾が、敵対する組の若者に、神戸市内のホテルのラウンジで撃ち殺されたというニュースが届いたのは、ちょうど駿が梨花と再会した春先のことだった。流れ弾でたまたまラウンジに居合わせた女子大生が亡《な》くなったこの事件は、連日連夜、新聞やテレビのワイドショーを賑《にぎ》わせた。ワイドショーでは事件の目撃者たちが興奮気味にその光景を語る。

「……とつぜんふたり組の男が、駆け込んできたんですわ。私は隣のテーブルを片付けてたんですけど。……ほんま、一瞬のことですわ。その人の胸から五十センチほどやったか、……とにかく至近距離で、パンて乾いた音が鳴って。その人、ものすごい形相しはって、撃った男を睨んではって、ふつうなら、そのままソファに崩れ落ちそうなもんやのに、撃った男に摑《つか》みかかるように左手を突き上げはって、必死に立ち上がろうとしますねん。正直、見てて惚《ほ》れ惚《ぼ》れしましたわ。いや、もちろん人が撃たれるところなんて、初めて見たんやけど……。撃った男のほうは固まってましたわ。相手が摑みかかってこようとするんで、慌ててもう一発撃ちはって……。それがどこに当たったのか、私らには見えへんかったけど、その人、かっと目を見開いて、そのまま肩からどたっと床に倒れはりました」

テレビで流れた葬儀場の映像に、一瞬ちらっと千鶴が映った。結い上げた髪には白髪が混じり、泣いたのか、眠っていないのか、充血した目が濡れていた。

「お母さん、向こうでひとりになるな」

悠太がぽつりと呟いたのは、テレビや新聞での騒ぎも一段落したころだった。まさか悠太が「迎えに行ってやりたい」などと言い出すとは思ってもいなかったので、

「そうやな。ひとりになるな」と駿も答えた。

相変わらず、千鶴からの手紙は毎月のように届いていた。最初のころは、盗み読みするだけだった悠太も、いつのころからか返事を書くようになっていた。封も切らずに離れの鏡台の引き出しに投げ込むのは駿だけで、婆さんもときどき神戸の千鶴に電話をかけて金の無心をしていたし、もしもこの事件がなければ、今年の夏休み、悠太はひとりで神戸へ旅行に出かけることにもなっていた。

「俺と兄ちゃんとふたりで迎えに行ったら、お母さんも帰ってくるとじゃないやろうか。お母さん、向こうで寝込んどるらしい」

珍しく離れに上がり込んできた悠太が、哀願するような目で駿にそう言ったのは、事件から二ヶ月ほど経《た》ったどしゃぶりの夜だった。

「お母さんと電話でしゃべったとや?」と駿は訊いた。

悠太は、「いや、しゃべっとらん」と慌てて否定したが、それが嘘《うそ》だということはすぐに分かった。

「お母さん、こっちに帰ってきたかって言いよるとや?」と駿は訊いた。

「いや、そうは言いよらん。……ただ、『今さら、もう帰れんよ』って言うだけ」

悠太はそう呟くと、古い畳にしゃがみ込んだ。

そのときすでに、駿は梨花と約束していた。ここから出て行きたいという気持ちだけがあって計画のなかった駿とは逆に、梨花にはそこから出て行く計画だけがあって、それを後押ししてくれるものがなかった。

畳にしゃがみ込んだまま、口を噤《つぐ》んでしまった悠太に、「おまえ、正吾って人、覚えとるや？」と駿は訊いた。

悠太はしばらく考え込んで、「……なんとなく」と呟いた。

濡れた石段を滑らないように下りていくと、昔あった駄菓子屋が取り壊され、真新しい駐車場になっており、町から上がってくる県道と繋《つなが》っている。

「八時までに間に合うやろか？」

女物の傘の下で肩を寄せ合い、石段を下りてくる駿と梨花を、駐車場横に建つアパートの住人が二階の窓から眺めていた。足元で跳ねる雨が、草履をつっかけた駿の足を汚す。

「もう、店には辞めるって言うたとや？」

「言うたよ。ママから餞別《せんべつ》までもろうた」

「いくら？」

「三万円。あと、なんかあったら連絡しなさいって、赤坂でクラブやっとる人、紹介してくれた」

ヒールの踵《かかと》が石段の隙間《すきま》を刺さないように、梨花は用心深く石段を下りる。その歩調に合わせて、駿はいちいち立ち止まる。

この雨は、おとといの夕方から降り続いている。その日、駿は市内の旅行代理店でふたり分の東京行き航空チケットを受け取った帰り、文治のアパートに寄った。文給された生活保護費を届けるためだったが、バス停から全身ずぶ濡れになってアパートへ走っていると、石畳の坂は滑り、雨を吸った背後の山からは、風に乗って泥の匂いがした。

文治の口からは、もうまともな言葉が出てこない。それでも、狭い台所と六畳一間のアパートで、文治は眠っている以外はいつも酒を飲んでいる。

ずぶ濡れの駿が、合鍵《あいかぎ》でドアを開けると、「うぃすき、もれきらか!」と呂律《ろれつ》の回らぬ声で怒鳴り、黄色く濁った目を向ける。そして駿の手に酒屋のビニール袋が提げられているのを見ると、「はよ、持ってこ」と口の端に唾《つば》をためて手招きをする。文治は関節の浮き出た手で安ウィスキーの罎《びん》を奪い取る。自分でふたを開けられなければ、代わりに駿が開けてやる。

文治はテーブルに何日も置きっぱなしのグラスに、震える手で酒を注ぎ、痙攣《けいれん》するようにそれを飲み干す。

「風呂にぜんぜん入っとらんやろ？　臭かよ」

駿は建てつけの悪い窓を開け放つ。窓の外、風にゆれる洗濯紐《ひも》には、先日、駿がからだを拭《ふ》いてやったときに干したタオルが、そのままになっている。雨を含んだタオルは、細い洗濯紐を弓のようにしならせている。

窓を開けた途端に、饐《す》えた部屋の臭《にお》いが外へ流れ出る。その代わりに、湿気の多い生あたたかい風が流れ込む。

「おいちゃん、からだ拭いてやろか？　どれ、シャツ脱がんね」

駿は無理やり文治のシャツを剝《は》ぎとる。すでに二杯目のグラスを空けた文治は目をとろんとさせ、されるがままに両手を上げる。

お湯で濡らして、固く絞って、文治の痩《や》せた肩に手を置いて、駿はその骨と皮だけの腕を拭いた。腋《わき》の下からわき腹を、首から背中を拭いてやる。あばらが浮き出た薄いからだには、般若《はんにゃ》の刺青《いれずみ》が浮いている。昔、三村の家の座敷で、若い男衆に囲まれていた般若の面は、濡れたタオルで拭くたびに、まるで泣き笑いでもするかのように、たるんだ皮膚と一緒に伸びる。

昔、駿はからだ中に刺青を彫った男の死骸《しがい》を見たことがある。若いころ、三村の家に出入りしていた男のひとりで、正吾がいなくなるとすぐに、龍彦の組に入った男だ。張りのあった男の肌は、年齢と共に縮み、周囲を威嚇《いかく》していた刺青は、まるで濡れた枯葉が白い布団《ふとん》に盛られているようだった。

「おいちゃん、来月また、入院せんといかんよ」

垂れた胸の肉を拭いてやりながら、駿は事務的にそう告げた。文治はただ、気持ちよさそうに目を細め、水が溜《た》まっているという腫《は》れた下腹をぼりぼりと掻《か》く。

「来月、また入院せんといかんよ」

駿はもう一度そう告げる。文治は、分かったとも、いやだとも答えない。

送別会に行くという梨花を新地で降ろし、駿は職場のガソリンスタンドに向かった。いつもの場所に車を停めて、事務室のほうへ歩いていくと、ワゴン車に給油中の店長が、「おう、三村くん、早かねぇ」と声をかけてくる。駿は、「おつかれさまです」と挨拶《あいさつ》をして、そのまま奥の更衣室へと入る。

狭い更衣室には古いロッカーが並び、カーテンで仕切られた奥の一角が、女子従業員用になっている。

一番手前のロッカーから作業着を引っ張り出していると、奥のカーテンが開き、

「いよいよ、明日で終わりやねぇ」と先輩社員のさゆりが顔を出す。昼間のシフトだったらしく、すでに派手な私服に着替えたさゆりは、とても二児の母には見えない。

「東京かぁ……、三村くんが向こうで落ち着いたら、私、子供たち連れて遊びに行くけんね。ちゃんと東京案内してよ」

さゆりにぽんと肩を叩《たた》かれて、駿は、「はぁ」と照れ臭そうに肯《うなず》いた。

「それにしても、店長、ほんとにがっかりしとるよ」

出て行ったとばかり思って、すでにズボンを脱ぎかけていた駿の背中に、とつぜんさゆりの声がかかる。駿は慌《あわ》てて脱ぎかけたズボンを引き上げる。振り返れば、更衣室のベンチにちょこんと座ったさゆりが、うまそうに煙草《たばこ》を吸っている。

「でも、それもそうやろねぇ。私、ここで働くようになって五年目やけど、あの店長が気に入ったバイトなんて、三村くんひとりだけやもん。その三村くんが、急に辞めるて言い出せば、そりゃ、がっかりもするよ。で、いつ出発やったっけ？」

フーと煙を吐き出すさゆりに訊《き》かれ、「来週です。来週の水曜日」と駿は答えた。

「そうかぁ。もう向こうでのアパートやなんか見つかっとるの？」

「いや、それはまだ……」

「まだって、どうすると？」

「一緒に行くのに知り合いがおって、アパートやなんか決まるまで、世話になるつもりです」

「そうかぁ。でも、三村くんまだ若っかけん、どこでだって、なんだってやれるよ。失敗したって、いくらでもやり直しきくし」

さゆりはひとり納得したように肯くと、まだ長い煙草を消して、更衣室をあとにした。残された駿は、改めてズボンを脱ぎ、汗やオイルで汚れた作業服に身を包む。これから朝の六時まで立ち続け、声を張り上げて働くことになる。

翌朝、駿は眠い目を擦《こす》りながら店先の通りへ出た。雨上がりの早朝、ついさっきまで客待ちしていたタクシーの行列は消え、朝日に照らされた半乾きの車道からむっとするような雨の匂《にお》いが立つ。

腕を大きく空に突き上げ、駿が背伸びをしていると、同じく深夜勤務だった店長が横に立ち、「いよいよ、明日で終わりやな」と声をかけてくる。「俺も若っかころ、この街から出て行こうとしたことがあるよ」と。

まだ通勤時間には早いのか、通りを走り抜けるバスはガラガラで、後部座席にセーラー服の少女が一人だけ座っている。

駿はその少女から、横に立つ店長に視線を移す。

「……あのとき、俺が出て行けんやったのは、やっぱり勇気がなかったのやろうなぁ」

店長が誰に言うともなくそう呟《つぶや》く。

「ただ、出て行くのにも勇気がいるけど、黙って残るのにも勇気がいってな。行くと決めれば、そこでの将来が不安になるし、残ると決めれば、出て行かんやったことを後悔するようで不安になる。三村くんみたいに若っかころは、いろんなこと、自分で決めんといかんように思うやろうけど……、あ、いやいや、こげんこと言うつもりじゃなかった。ごめん、ごめん、忘れんうちに、これ、これ」

話を途中でやめた店長が、ポケットから皺《しわ》くちゃの茶封筒を出す。

「なんですか？」

「餞別たい、餞別。少なくて恐縮やけど」

「……あ、いや」

駿は押しつけられる封筒を手のひらで押し返した。

「よかけん、とっとかんね。向こうに行けば、何かと金はいるやろ」

店長が、無理やり駿のポケットに封筒を押し込む。

「ほんとにちょっとやけん。なんも気にすることはなか」

店長はそう告げると、「さぁ、帰って寝よう」と背伸びして、事務室のほうへ引き上げる。その背中に、「なんですか？　さっきの話の続き……」と駿は声をかけた。

「さっきの話？」

ふり返った店長に、「……さっき、言いかけたこと」と駿は訊く。

「あ、ああ。若っかころには、どんなことでも自分で決めんと、何かに負けたように思うけど、実際には、自分だけで決められることとなんて、なーんもなかって話さ。しかし、そげんこと気にするな。三村くんはこれから何でもやれるのやけん」

店長の背中が事務室へ入っていく。ドアが閉まる直前、「餞別。ありがとうございました！」と駿は叫んだ。

ガソリンスタンドからの帰り道、駿は梨花が暮らす籠町《かご》のアパート前を通った。小さなスナックやキャバレーが建ち並ぶ界隈《かいわい》で、早朝の通りには出されたばかりの生ごみが山積みしてある。梨花のアパートが見えたとき、一瞬、寄ってみようかと駿は思う。ただ、昨夜の送別会のあと、まだぐっすりと眠っているに違いなく、わざわざ起こしてまで告げたい何かがあるわけでもない。

「ほんとに一緒に行くや？」

一緒に東京へ出ると決めてから、もう何度、この質問をしただろうか。そのたびに梨花は、「なんで？　行きとうなくなった？」と不安な顔をする。

アパートの前を素通りし、電車通りに出る。駅へ向かう道はすでに渋滞で、電停には多くの客が路面電車を待っている。

市内から下平へ向かうには、港にかかる大橋を渡る。大橋を渡れば、あとはくねくねと続く急な坂道で、カーブを曲がるたびに眼下に見える市街地の風景が広がっていく。

下平のバス停が見えたところで、駿はふと思い立ってハンドルを切る。来週、ここを離れていく感傷からか、二年前まで龍彦の組があった土地を見てみたくなる。

すでに屋敷は取り壊されて、跡地には「谷口総業管轄地《かんかつち》」と書かれた看板が立っている。昔、白木の門があり、龍彦の女房が組の若い衆とバドミントンをしていた場所には、杭《くい》が打たれ、有刺鉄線が張ってある。

結局、神戸の正吾は、最後の最後になって龍彦の組を見捨てた。正吾が撃ち殺されたというニュースが飛び込んできたとき、駿はその犯人が龍彦ではないかと疑った。

もちろん犯人は、龍彦とは何の関わりもない男たちだったが、今の正吾がいったいどれくらいの男たちの恨みをかっているのか、見捨てられた龍彦を目《ま》の当たりにしていた駿には、その恐ろしいほどの憎悪《ぞうお》を肌で感じることができた。

夜逃げした龍彦と女房の行方を、知る者は誰もいない。その数年前に、結局、家出同然で姿を消していた一人娘、聖美の元に身を寄せているという噂《うわさ》もあるが、その聖美が現在どこでどのような暮らしをしているのか分からない。ただ、一度だけ、駿は聖美から年賀状をもらったことがある。駿が高校を中退した年の正月で、向こうの住所は書かれていなかったが、広島県呉《くれ》市の消印があった。はがきには龍彦たちと一緒に暮らしているとも、その街で何をやっているとも書かれておらず、「私は元気でやってます」とだけあった。

聖美は姿を消す半年ほど前から、板金工の職人と付き合っていた。当初、聖美はその男と一緒に逃げたという噂もあった。が、聖美がいなくなった年の盆、駿は、その男が精霊舟《しようりよう》を引きながら、派手に爆竹を鳴らしている姿を見かけた。男の横には、聖美ではない別の女が立っていた。

現在の三村の家を支えているのは、僅《わず》かな婆《ばあ》さんの年金と、駿の微々たる給料しかない。正吾が死ねば、毎月、千鶴が送ってきていたらしい金も届かなくなる。

厚くカーテンを閉めた離れのベッドで、枕《まくら》を抱えて眠っている駿の耳に、どこから
か子供たちの忍び笑いが聞こえてくる。駿は何度か寝返りを打ち、その声が夢なのか、
現実なのか確かめた。
忍び笑いは確かに窓の外から聞こえてくる。うっすらと開けた駿の目に、カーテン
越しに差し込む淡い夕日の色が映る。鏡台に置かれた時計に目を向けると、すでに四
時を回っている。ついさっき眠りに落ちたような気がするが、ガソリンスタンドから
戻って朝風呂《ぶろ》に入り、婆さんが作ってくれた朝食を食べて、この離れのベッドに横に
なってから、すでに八時間が経《た》っている。
「すごいボロ小屋やねぇ」
「な？　ほんとに幽霊が出そうやろ？」
「でも、たっちゃんの話、ほんと？」
「ほんとさ。ほんとに、ここで、昔、人が首吊《つ》ったことがあるって、お母さんが教え
てくれたもん」
子供たちの声のなかには、女の子も混じっていた。こそこそと離れに近寄ってきた
らしく、ヒソヒソと交わされる会話のあいだに、ときどき「シー」と制する低い声が

入る。

駿は枕を抱き直しながら、「フッ」と鼻から息を抜くように笑った。自分の体温で熱くなったシーツが、汗ばんだ肌にまとわりつき、いっそう汗が吹き出してくる。

「たっちゃんのお母さん、その首吊った人の友達？」

「いや、友達じゃなかよ。この家に住んどる人たちは、ほんとはみんな幽霊げな。幽霊やけん、夜になったら、みんなで山のなかに入っていくとって」

「山のなかに入って、何すると？」

「知らんよ」

「誰か、連れて行くとかな？」

「山のなかに？」

「あ、お母さんが言いよった。子供だけ連れて行くとって。だけん、この町には子供が少なくなったって」

「ほんと？」

「ほんとさ。昔は七組まであったけど、今はたったの四組になったって、サチコ先生も言いよったろう？」

「あ、うん。……そういえば、そう言いよった」

そこで一瞬、会話が途切れた。

もう一度、眠ろうとしていた駿も、子供たちの声を聞いているうちに、すっかり目が覚めている。眠ろうとすればするほど、汗ばんだシーツが肌に張りつく。

「ほんとにおるとかなぁ？　なんの音もせんよ」

背伸びして中を覗《のぞ》き込もうとしているのか、西日を浴びたカーテンの向こうに、小さな頭が二つ三つ見える。

「笛吹いたら出てくるかも」

みんなをここに連れてきたらしい男の子が、自信ありげにそう告げて、背中からランドセルを下ろす音がする。

ベッドで寝返りを打った駿は、タオルケットで首筋の汗を拭《ふ》きながら、突拍子もない男の子の言葉に、思わずまた、「フッ」と低い笑い声を漏らした。

すぐに男の子が吹くリコーダーの音がする。ドやらファやら、ちゃんとした曲にはなっていないが、寝起きの耳で聴いていると、そのメロディにどこか懐《なつ》かしさを感じる。

「なーんや、出てこんやっか。ほんとに、ここ、幽霊屋敷？」

待ちきれずに、別の男の子がそう呟き、リコーダーの音がいっそう高くなる。

駿は湿ったシーツから身を起こすと、小さな頭の影が揺れる窓のほうへ目を向けた。もしもここで窓を開けて脅かせば、きっと子供たちは驚いて腰を抜かすに違いない。そう考えただけで、なんとなく顔がゆるむ。

駿はベッドから下りると、わざと壁に隠れるようにして窓の下に潜り込んだ。ショックが大きいように、左手でカーテンを開けると同時に、右手で窓が開けられるように手を伸ばす。しかし、いざ立ち上がろうとした瞬間、駿はふと思いとどまって、畳を這《は》い、音を立てないように押し入れを開ける。

押し入れの奥から取り出したのは、中学のころに使っていた水彩絵の具で、駿はそのなかから青い絵の具を選ぶと、手のひらに押し出して、目の下や頬に塗りたくった。塗りながらも、すでにクックックッと笑いがこみ上げてくる。

再び畳を這って、窓の下に戻ったときには、幽霊など出てこないと諦《あきら》めたのか、男の子が吹く笛の音も、どこか投げやりなものになっている。

横に置かれた鏡台に、青く塗られた自分の顔が映る。ためしに目をひん剝《む》けば、我ながら気味の悪い顔になる。

「うぉ――！」

叫んだのが先だったか、窓を開けたのが先だったか、駿が目をひん剝いて窓から顔を突き出すと、一瞬、からだを硬直させた子供たちが、怯《おび》え切った表情で、とつぜん現れた駿に釘《くぎ》付けになった。

「うぉ！」

駿は低い声で唸《うな》った。今にも窓から飛び出していくように、わざと足を窓枠にかけて叫んでみる。

「うわっ」

「ぎゃぁ」

子供たちのあいだで、悲鳴とも泣き声ともつかぬ声が上がり、ランドセルを背負った小さなからだが一目散に逃げ惑う。飛び石に躓《つまず》いて、一人がこける。こけた子のランドセルに膝《ひざ》をぶつけて、また別の一人がこける。慌《あわ》てふためく子供たちに、駿がまた低い唸り声を上げれば、こけた子たちが這うように逃げていく。

その姿を見送りながら、駿は堪えきれずに笑い出す。今度はその笑い声に怯えて、赤と黒のランドセルが、競うように塀を乗り越えていく。自分でも気づかぬうちに、駿は涙を流して笑っている。涙に滲《にじ》む駿の目に、鏡台に映る青い自分の顔が飛び込んでくる。

「兄ちゃんが行かんなら、俺がひとりで迎えに行く」

悠太がそう言い出したのは、その日の夕飯どきだった。婆さんが焼いてくれたさんまは黒焦《くろこ》げで、どこを食べても、舌にひどい苦味が残った。

「なぁ、兄ちゃん、お願いやけん。なぁ、お願いやけん……」

悠太にいくら肩を揺すられても、駿は黙って焦げたさんまを食べ続ける。悠太の目にはうっすらと涙が浮かんでいた。

あと数日で、自分はこの三村の家から逃げ出せる。自分が逃げ出した三村の家に、千鶴が戻ってくるのはかまわない。ただ、ここで自分が迎えに行けば、また、ここから逃げ出せなくなるような気がしてならない。

駿は悠太を無視して立ち上がると、「仕事やけん」と言い捨てて、玄関で汚れたスニーカーを履いた。ふて腐れた悠太が、ごろんと畳に寝そべって、「お母さんがどっかに行ってしもうても知らんぞ。お母さんがおらんようになっても知らんぞ」と繰り返す。

駿はその声を背中で聞きながら、急いでスニーカーの紐《ひも》を縛る。いつの間にか、背後に立っていた婆さんが、「なぁ、駿よ」と、力なく声をかけてくる。

「……婆さんもあとどれくらい生きとられるか分からんぞ。千鶴のこと、許してやれとは言わん。ただ、どこにも行き場のなくなった女、おまえの一言で助けてやれるなら、助けてやる気はないか？」

慌てているので、手元が狂ってなかなか紐が結べない。

「……おまえが一言、『帰ってこい』って言うてやれば、あれも、素直に帰ってこれるとぞ。あれだけ悠太が頼んでもだめか？……婆さんの最後の願い事、聞いてやれんか？」

やっと両方の紐を結んで、立ち上がった駿の腕を、節くれだった婆さんの手が摑《つか》む。

「なぁ、だめか？　どうしても、許せんか？　あれももうよか年の女になってしもうとる。男に死なれて、ぐったりしてしもうとる。今さら、知り合いもおらんような土地で、女ひとり、やっていけるもんでもないぞ。……なぁ、駿よ、己を生んでくれた女、助けてやる気にはなれんか？」

婆さんの落ち窪《くぼ》んだ目に見上げられ、駿は思わず顔をそむけた。固く結びすぎた靴紐が、奇妙な形に捩《ねじ》れている。

夜の九時から朝六時まで、最終日の仕事を終えて、駿は一年間働いたスタンドをあとにした。シフトの関係で、店長には会えず、たまたま同じシフトで働いていた鈴木という男に見送られる。

「じゃあ、がんばれよ」

車に乗り込み、スタンドを出て行く駿に、大学生の鈴木がどうでもいいような声をかけてくる。駿はお愛想程度に笑顔を浮かべ、貯《た》めたバイト代でアジア各国を旅して回るという鈴木に別れを告げた。

いつもの道を走り抜けると、通りの先に梨花の住むアパートが見える。すでに余分な荷物は処分し、段ボールに囲まれて寝ていると梨花は言う。

来週の水曜日には、ふたりで東京へ向かうのだ。

駿は梨花のアパートの前で車を停めた。パネルの時計は六時十五分を差している。一瞬、迷ってエンジンを切る。人気のない飲み屋街を、二匹の野良《のら》猫が同じ歩調で横切っていく。

車を降りて、駿は梨花のアパートの階段を上る。出がけに婆さんに言われた言葉が、一晩中、頭から離れてくれない。

二階へ上がり、その薄い玄関ドアを遠慮がちに三度叩《たた》くと、「誰？　駿くん？」という寝ぼけた梨花の声がする。

「うん。俺」

駿はドアに唇を押しつけた。

鍵《かぎ》が外され、ドアが開く。パジャマ姿の梨花が、寝ぼけ眼を擦《こす》りながら、「なんね？　こげん時間に」と口を尖《とが》らす。

「今、仕事終わってさ」

駿が言い訳するようにそう言うと、「入らんね」と梨花がその腕を引く。

部屋には段ボールが積み上げられている。どの段ボールにも、届け先の東京の住所が書かれたシートが張ってある。

狭い部屋の真ん中に布団《ふとん》が敷かれ、乱れたタオルケットが落ちていた。梨花はそのタオルケットを拾い上げると、「寝ていくやろ？」と言いながら、自分のからだに巻きつけ、そのままガクンと折れるように布団に倒れた。

「昨日も送別会で遅かったとよ」

枕《まくら》に顔を押しつけた梨花が呟《つぶや》く。その言葉が全《すべ》て枕に吸い込まれる。

駿はいったん布団の横にあぐらをかく。目の前の梨花の背中に手を伸ばそうとしてやめ、その背中を抱くように自分も横たわる。

「今日で終わりやったとやろ？」

梨花の声が耳をくすぐる。

「あと四日やね。あと四日で東京やね」

梨花の言葉に、駿は黙って肯《うなず》く。元々、日当たりの悪い部屋で、横で眠る梨花の顔さえぼんやりとしか見えない。駿はぼんやりとした梨花の顔を指で撫《な》でる。こめかみから顎《あご》へ、唇から耳へ、ゆっくりと指で撫でる。

「なぁ、もし、出発をもうちょっと延ばしてくれって頼んだら、おまえ、待ってくれるや？」と駿は囁《ささや》く。自分でも聞こえなければいいと思っているのか、声は小さく、ひどくかすれて響く。

「延ばすってどれくらい？」

目を閉じたまま梨花が訊《き》く。

「……なぁ、もし、俺がやっぱりここに残るって言うたら、おまえも一緒に残ってくれるや？」

駿の指が、梨花の小さな耳を撫でる。いくら撫でても返事はない。

「いや、今のは冗談。……そう、冗談。今さら、ここに残るなんて言うもんや」

駿はタオルケットのなかに身を入れる。梨花の盛り上がった尻《しり》に、ぴったりと自分の股間《こかん》を押し当て、目を閉じる。あそこに停めたままだと、すぐにレッカーされてしまうぞ、と思う。眠くても、今のうちに移動させておかないと、通りから車が持っていかれるぞ、と思う。ただ、からだを襲う睡魔から、もう逃れられないことも知っている。

# 悠太と離れの男たち

羽田発長崎行きの後方通路側座席に座った悠太は、空港の売店で買った週刊誌を膝《ひざ》の上に広げ、窓側に座る若い女の視線を気にしながら、ヌードグラビアのページを手早く捲《めく》る。焦《あせ》れば焦るほど、汗ばんだ指がグラビアの女の太腿《ふともも》にべたっと張りつく。

雑誌には、数年前に神戸で銃弾に倒れたある暴力団若頭の後追い記事が載っており、どこまでが真実なのか、跡目争い、報復、組織再編……と並ぶ言葉は、出来の悪い任《にん》侠《きよう》小説のように読めなくもない。神戸のホテルのラウンジで銃弾を撃ち込まれた男は、名前を田之倉正吾といい、昔、三村の家に出入りしていた。ただ、悠太の記憶には、ほとんどその影を留めていない。

悠太はそのページもヌードグラビアと同じように手早く捲る。窓側に座った若い女が脚を組み替え、細い足首が身近に迫る。

悠太が暮らす東京のアパートに、珍しく駿から電話がかかってきたのは、二週間ほど前のことだった。「元気や?」と、覇気のないいつもの声で訊《き》かれ、悠太はただ、「なんや?」と無愛想に声を返した。

東京の大学に進学してすでに三年目、受話器の向こうから聞こえる駿の声を耳にした途端、薄暗い離れの様子が目に浮かび、働きもせず、まるで流れていく時代に自分だけ取り残されたように暮らす兄の姿が立ち現れる。

悠太が、「なんや?」と尋ねたきり、お互いに黙り込んだ。仕方なく、もう一度悠太が、「なんや?」と問えば、「婆《ばあ》さんの三回忌、帰ってこれそうや?」と受話器の向こうで駿が訊く。

「ああ」と悠太は短く答えた。

またそこで会話が途切れる。ただ、そこで電話が切られるわけではない。駿の息遣いだけが、細い電話線から伝わってきて、まるですぐそこにいるかのように感じられた。

「結局、法事は日曜日や?」

いつものように、ここで悠太が折れて声を出した。

「ああ」

そう唸《うな》ったきり、駿は何も話さない。

「とにかく金曜日には帰るけん」

「ああ」

「……用がないなら切るぞ」

悠太が耳から受話器を離そうとすると、「あのな……」と、駿のか細い声がする。ただ、いくら悠太が待っていても、もう駿の口からは言葉が出てこない。

「駿ちゃん、早よ、お湯かけてよ」

高校のころ、悠太が体育の授業で使ったTシャツを、洗濯機に突っ込んでいると、背後の風呂場《ふろば》から女の声がした。駿がまた、離れに連れ込んだ女を、風呂に入れているらしかった。ほとんど腐りかけた木戸が、少しだけ開いていて、そこから中の様子が窺《うかが》えた。

湯船から洗面器でお湯を掬《すく》った駿は、自分の足元に蹲《うずくま》る女の髪に、そろそろとかけていた。浮き出た女の背骨に沿って白い泡が流れ落ち、タイルにつけた白く大きな尻《しり》の下に流れ込む。風呂場に差し込む午後の日差しが、濡《ぬ》れた駿の性器を照らしていた。

「あの絵、仕上げてみようかな」

駿がお湯をかけながら呟《つぶや》く。

「あの絵て?」

目元に垂れる泡に顔をゆがめながら、女が首を捻《ひね》って駿を見上げる。

「ほら、ベッドの横に立てかけてあるやろ」

「ああ、あの大男の絵?」

駿はもう一杯お湯を掬い、女の背中にそろりとかける。バスクリンで緑色に染まったお湯が、白い女の背中を落ちていく。

駿は必ず千鶴が仕事から戻る前に、離れに連れ込んでいる女を母屋《おもや》の風呂に入れていた。千鶴が戻ったあとに女を母屋へ連れてくると、絶対に女と千鶴のあいだで一悶《ひともん》着《ちゃく》あり、それに懲《こ》りた婆さんが、まだ日の高いうちから風呂を沸かすようになっていたのだ。

駿と一緒に風呂を浴びたあと、婆さんにきちんと礼を言う女もいれば、まるで婆さんを女中扱いする女もいた。ただ、どちらにしろ、悠太の目から見れば、同じバスに乗り合わせても、どこで降りたか気づかぬような、さして美人でもない女たちだった。

「駿ちゃん、油絵なんて描けると?」

濡れた長い黒髪を、女が自分の手で軽くしぼっていた。

「描けるよ。俺、中学んとき、美術部やったし」

立ち上がった女の腹に、駿が指先で絵を描く真似《まね》をする。狭く湯気のこもった風呂場に、くすぐられ、嬌声《きょうせい》を上げる女の声が響く。

悠太が脱衣所を出ると、座敷には仏壇に手を合わせている婆さんの姿がある。

「悠太よ、お前、ほんとに東京に行ってしまうとか？」と、目を閉じたままの婆さんが訊く。悠太は、「ああ」とぶっきらぼうに答える。

「ほんとに大丈夫かよ。なんするときも、昔から『婆ちゃん、婆ちゃん』って甘えとったのに……」

自室へ向かう悠太を、婆さんの心細い声が追ってくる。悠太はその声を断ち切るように、音を立てて襖《ふすま》を閉める。

悠太が進学のため東京へ旅立つ日、婆さんは声を上げて泣いた。「夏休みには帰ってくるけん」と、いくら悠太が宥《なだ》めても、おいおいと憑《つ》かれたように泣きじゃくる婆さんの涙が止まらなかった。

見かねた千鶴が、「ほら、そろそろ行かんと、飛行機に乗り遅れるよ。うちのことは心配いらん。うちにはお兄ちゃんがおるのやけん」と、婆さんから悠太を引き離し、ようやく悠太は三村の家から出て行くことができたのだ。

その日、空港までは駿が送った。「バスで行くけん、よか」と無下に断る悠太を、半ば強引に駿は自分のボロ車に乗せた。

以前この車に、近所の子供たちが「ヘンタイ」とカタカナで落書きをしたことがあった。千鶴が神戸から戻って、すでに半年ほどが過ぎたころだ。町にはそのころ妙な噂《うわさ》が流れていた。三村の家に戻った千鶴は、すぐに市内の化粧品屋で働き始めた。そしてそのころ駿は、当時勤めていたガソリンスタンドをとつぜん辞めてしまい、毎日のように市内へ働きに出る千鶴を、車で送り迎えするだけの日々を送るようになっており、このふたりに妙な噂が立ったのだ。まだ中学生だった悠太も同級生から、「本当はおまえの兄貴が、おまえの父ちゃんやろ」と、からかわれたことがある。

実際、駿に甘える千鶴の様子は、どこか常軌を逸したものがあった。婆さんなどは、「一度も自分の旦那《だんな》に死なれてみろ、誰かに甘えとうなるのも仕方ない」と気にもしていなかったが、駿が離れに連れ込む女に対する千鶴の態度は、明らかに女親の嫉妬《しっと》を超えていた。

ある日、駿が離れに連れ込んだ女の親から電話がかかってきたことがあった。ちょうど千鶴を迎えに行っていた駿が戻り、「兄ちゃん、電話」と悠太が受話器を渡すと、

「誰からね？」と横から千鶴が奪った。

悠太はその剣幕に、ただ、「知らん。大野って人」と答えて受話器を渡した。台所から、「大野？　もうこれで三度目ぞ」と婆さんが顔を出す。そのころすでに、駿にかかってくる電話を千鶴が横取りすることは、それほど珍しいことではなくなっていた。

「もしもし？　どちらさんですか？」

冷たい口調で問いかける千鶴を置いて、駿は他人事のように離れへ向かう。

「何日も帰らんやったのは、お宅の娘さんのほうでしょうが。なんも、うちのお兄ちゃんが縄で縛りつけとったわけじゃなし……」

千鶴はそう言い捨てて電話を叩《たた》き切る。

「あ〜もう、なんでもかんでもお兄ちゃんのせいにして」

うんざりしたように千鶴は呟くのだが、すでにそこに駿はいない。

神戸へ千鶴を迎えに行ったときのことを、悠太はあまり覚えていない。長崎駅から寝台車に乗って、駿が買ってくれた弁当を食べると、すぐに狭いベッドで寝てしまった。目を覚ましたときにはすでに神戸だった。

このとき、千鶴と駿がどんな話をしたのか悠太は知らない。わざわざ神戸まで出向いたにもかかわらず、その日の晩にはすでに長崎行きの寝台車に乗っていた。

「お母さん、帰ってくる？」

ベッドを仕切るカーテン越しに、悠太は小声で駿に尋ねた。

「いろいろと、あっちのこと、整理したら帰ってくる。心配するな」と駿は答えた。

実際、二週間ほどして千鶴は戻った。しばらく体調を崩して寝込んでいたが、いったん布団《ふとん》から出ると、家中を掃除して回り、さっさと仕事を決め、ほとんど寝たきりだった文治を小さな病院に入院させた。ただ、その数ヶ月後に文治は息を引き取る。死ぬ間際《まぎわ》、「母ちゃん、母ちゃん」と、二度連呼したと担当の看護婦は教えてくれた。

千鶴が元気を取り戻すと、今度は駿が離れに閉じこもった。ガソリンスタンドの仕事も辞め、ときどき車で街に出ては、さして美人でもない女を離れに連れ込むだけの暮らしが始まったのだ。

近所の子供たちが、毎日のように三村の家の離れに肝だめしに来るようになったのは、たしかそのころからだ。

学校帰りの子供たちは、三村の家の裏庭に忍び込むと、塀に隠れるようにして、駿が暮らす離れに近寄る。子供たちの中には、離れの窓に小石を投げ込む悪いのもいて、驚いた駿が窓から顔を出すと、「ぎゃぁ！」と悲鳴を上げて逃げ惑う。それをまた駿が面白がって、わざと奇声を上げて追いかけるものだから、日ごとに子供たちの数は増え、狂人のふりをする駿の演技にも次第に磨きがかかってきた。

あれはいつだったか。ちょうど悠太がそんないつもの光景を縁側から眺めていると、あまりの恐怖に腰を抜かしてしまった男の子がいた。裸足《はだし》で追いかけてくる駿に脅《おび》え、声も出せずに震えている。

駿はいったん他の子たちを追って石段のほうまで出て行ったのだが、庭の端で腰を抜かしているその子を見つけると、ランドセルをひょいと引っ張り上げて立たせ、

「幽霊じゃない。なんも怖がることなかよ」と、その頭を撫《な》でていた。それでも男の子は駿を見上げたまま、身をぶるぶると震わせて、一歩も動くことができなかった。

「ほら、幽霊じゃないやろ？　ちゃんと足もある」

笑わせようとしているのか、駿がおどけて交互に足を上げる。

しかし男の子は一歩も動けず、結局、その場で気を失った。とっさに駿が抱きかかえたおかげで、怪我《けが》をすることはなかったが、しばらく縁側で横になっていた。

その夜、意識が戻った男の子は、婆さんが揚げたイモのてんぷらを食べて帰った。駿が幽霊でないことも分かったらしく、帰りは「アイスクリームを買《こ》うてやる」という駿に手を引かれて、狭い石段を降りていった。

大村湾に浮かぶ長崎空港から市内までは、バスで一時間ほどかかる。空港と市内を結ぶ高速道路は空《す》いていて、道は九州らしい濃い緑の山々のあいだを抜けていく。西の稜線《りょうせん》は強い夕日にふちどられ、ここが日本最西端の場所であることが今さらながら思い出される。二つ前の席に、飛行機で隣り合わせた若い女が乗っていた。言葉を交したわけではないが、彼女がどんな気持ちでこの景色を眺めているのかなんとなく分かった。

長いトンネルを抜けると、いよいよバスは市内に入る。岩屋橋の交差点で赤迫方面からの古い路面電車と合流すれば、やっと故郷に戻ってきた実感が湧《わ》く。

悠太は宝町でバスを降りると、渋滞した通りを横断し、反対側のバス停から下平行きの路線バスに乗り込んだ。今、バス停の背後には大きなシティホテルが建っているが、以前、この場所には古びたボウリング場があった。

満員のバスは、橋を渡って長崎湾の対岸に出る。そこからは小さな商店街を抜け、坂道をくねくねと登り、徐々に傾斜を急にしながら、夜景が一望できるホテルが立ち並ぶ山の中腹へと向かう。

この山道を終点まで上っている途中、映画か何かを撮影しているのか、路肩にロケバスが停められ、大勢のスタッフがそれぞれに機材を抱えて配置につき、その周りに張られたロープの外に、地元の見物人たちが立っている。

バスには悠太のほかに三人の乗客しかいなかったが、その誰もが珍しそうに撮影隊を目で追っている。この辺りからは、港を中心にすり鉢状に広がる市内の景色が一望できる。どんな映画でこの景色が使われるのだろうか。悠太は見慣れたその風景に目を向けた。

三村の家は、この終点からしばらく県道を上がり、今ではけもの道のようになっている狭い石段を下りていく。長く細い石段は、まるで虫歯だらけの歯のように、所々が欠けており、青苔《あおごけ》に覆《おお》われている。

この石段を降り切ると、やっと車が一台通れるほどの道に出る。昔、そこに駄菓子屋があったのだが、今では取り壊され、狭い駐車場になっている。まだ悠太が高校生だったころには、この駐車場に駿のボロ車が停めてあった。

この石段の途中に、三村の家はある。昔からずっと、ここにある。

朽ちかけた門を開けると、半分だけコンクリート舗装され、残り半分は雑草が生えたままの前庭がある。元々は全体がコンクリート舗装されていて、誰かがそれを剝《は》がしたのか、それとも最初から半分だけしか舗装されなかったのか、悠太が物心ついたとき、前庭はすでにこの有様で、以来、舗装場所が増えることも減ることもない。格子《こうし》状の木戸に磨《す》りガラスの入った玄関を開けると、がたがたと不快な感触が手のひらに伝わってくる。この感触が嫌で、子供のころ、足で開けていたことを悠太はふと思い出す。

「ただいま」

中の様子を窺うように、薄暗い座敷に声をかけ、悠太は玄関に入った。まるで自分の臭《にお》いを無理やり嗅《か》がされているような、そんな三村の家の臭いが鼻をつく。薄暗い座敷には誰もいない。靴を脱ぎ、座敷に上がると、肩にかけていた荷物を畳に投げ置く。すっかり色の褪《あ》せた畳は、踏みつけるたびにぶよぶよと沈む。

「誰もおらんとや？」

悠太はそう声をかけながら、仏壇間への襖を開けた。真っ暗な部屋に、回転式の盆《ぼん》提灯《ぢようちん》の青い光だけが回っている。青地に赤や黄色の水玉模様が、襖を開けた悠太の足元を照らす。

そのとき、奥の襖がすっと開いて、「あら、びっくりする！」と千鶴が悲鳴を上げた。便所に入っていたらしく、手にはトイレットペーパーの芯《しん》を握っている。

「ただいま」

「なんが『ただいま』よ。昼すぎには帰ってくるて言うけん、待っとれば……」

「一本あとの便で来たけん」

「電話一本くれればよかろうに」

千鶴は愚痴をこぼしながらも、懐《なつ》かしそうに悠太の顔を見つめ、握っているトイレットペーパーの芯を、指にはめてくるくると回す。

「盆でもなかろうに、なんで、つけとると?」

悠太は暗い部屋の壁や畳を青く染める盆提灯を指さした。安っぽい光のせいで、まるで仏壇間が場末のキャバレーのように見える。

「知らんよ。お母さんが消すと、お兄ちゃんがつけて、お兄ちゃんがつけると、お母さんが消して……」

悠太は蛍光灯をつけた。強く紐《ひも》を引いたせいか、蛍光灯の笠が大きく揺れて、白い光の中に細かな埃《ほこり》が散る。煙草《たばこ》の焦《こ》げあとのある古い畳。染《し》みだらけの襖。剝がれかけた漆喰《しっくい》の壁。金箔《きんぱく》のとれた仏壇の扉。すっかり黒ずんでいるお供え物のバナナ。蛍光灯の灯りが、この家の今だけを照らす。

「学校はどうよ? バイトもあって大変やろ」

ちょこんと仏壇前の座布団に座り込んだ千鶴が呟《つぶや》く。

「婆ちゃんの法事、ここですると？」

蛍光灯の真下に立ったまま、悠太がそう尋ねると、眩《まぶ》しそうにその顔を見上げた千鶴が、「法事て言うても、誰も来やせんもん」と、呆《あき》れたように鼻で笑う。

「一子おばさんらは来るやろう」

「姉ちゃんも今度は来んて。去年の暮れから腰が悪うなって、長時間、車に乗っとられんげな」

「じゃあ、なに？　兄ちゃんとお母さんと三人だけ？」

「そうよ。坊さん呼んで、お経上げてもろうて、それで終わりたい」

悠太が千鶴の前に座り込んで、ポケットから煙草を取り出すと、「よいしょ」とからだを捻《ひね》った千鶴が、仏壇の横から大きなガラスの灰皿を出す。

「昔なら賑《にぎ》やかやったろうにねぇ……、いつの間にか、誰もおらんようになってしもうて……」

また千鶴の昔話が始まるのかと思いながら、悠太は煙草に火をつけ、ごろんと畳に寝転がった。細い煙がまっすぐに天井に昇っていく。

本当に威勢が良かったころの三村の家を、悠太はほとんど覚えていない。小学校の高学年のころにはすでに、文治は出所したあとで、ここではなく下平の狭いアパートに暮らしていた。爺《じい》さんが死んだときの記憶も、今となってはほとんどない。ただ、骨を拾うときに奈緒という昔三村の家に暮らしていた女が、「悠ちゃんのからだも、これでできとるのよ」と教えてくれ、それがひどく恐ろしかったことは覚えている。この三村の家で生きてきたのに、この三村の家の本来の姿を、自分だけは何も知らずに過ごしてきたのかもしれないと悠太は思う。男どもの家だったこの家が、いつの間にか女子供の家となり、そして今では千鶴と駿、威勢のよかった男どもに置いていかれた女と、威勢のいい男になれなかった息子だけが、ひっそりと暮らす家。

「ごはんの前にお風呂《ふろ》、入るやろ？」

半身を起こした悠太が、灰皿で煙草を消していると、また、「よいしょ」と掛け声をかけながら立ち上がろうとした千鶴が、バランスを崩して覆いかぶさるように倒れ込んでくる。

「あいたた……」

つんのめった千鶴の腕を、悠太は支えた。その腕の骨と皮がずるっと手の中で滑る。摑《つか》んだ千鶴の腕が、まるで老人の腕のように感じられる。

「入るやろ？」

立ち上がった千鶴に改めて訊《き》かれ、「うん」と悠太はその顔を見上げる。日々の生活にではなく、人生に疲れてしまったような、人が老いたのではなく、まるで女が老いてしまったような、そんな顔を千鶴はしている。

「そういえば、さっき上の道でなんか撮影しよったよ」

悠太はふと思い出してそう告げた。すでに立ち上がっていた千鶴が畳に寝転んだ悠太を見下ろしながら、「撮影?」と小首をかしげる。

「映画かなんかじゃないやろか」

「へぇ、珍しかねぇ、この辺で。街のほうならあれやけど……」

この長崎が舞台になっている映画は多い。悠太自身、これまでに何本となくそんな映画を観《み》てきた。ただ、スクリーンに映るのはたしかに自分が見知っている長崎の街なのに、なんと言えばいいのか、そこに本物の長崎の人間を見出《みいだ》せたことがない。ちょうどさっき目にした撮影風景のように、ロープを張られ、その外側に立たされているような感じだ。

「映画の撮影って言えば、あれはいつごろやったかなぁ……」

ふと千鶴に声をかけられ、悠太は、「ん?」とそちらに顔を向けた。

「たしか、まだお母さんが結婚する前よ」

千鶴が懐かしそうに話し出す。

「まぁだ、哲也も生きとって」

「哲也って、俺の叔父さん?」

「……あれ、なんて女優さんやったかなぁ。ちょうどそこのバス停のところで撮影しよって。お母さん、哲也と一緒に見に行ったとよ。……あ、そうそう、思い出した!それでね、哲也がその映画に通行人の役で出たんよ」

「え、その叔父さんが?」

「そうそう。いや、通行人じゃなくて、バスから降りてくる客の中の一人やった。エキストラが足りんやったとやろねぇ。見物しとったら、急に声かけられて」

「なんて映画?」

「さぁ、なんて映画やったか……。たしか、哲也と一緒に駅前の映画館に観に行ったとやけどねぇ」

「叔父さん、映っとった?」

「あれ、どうやったかなぁ……、たしか、そのシーンはカットされとったとじゃなかったやろか。二人でがっくりして映画館出たような記憶があるもん。……あ、そうそう、カットされとったとよ。……そうそう、『出てこんやったなぁ』って、哲也が残念そうに言うもんけん、お母さん、『私たちが見落としただけかもしれんよ』って慰めて……。ほんと、あれ、なんて映画やったかなぁ」

「お母さんとその叔父さん、仲良かったと？」

「そりゃ、姉弟《きょうだい》やもん。たった一人の弟やもん。兄弟の中でも一番好きやった。駿が産まれた時も、真っ先に病院に来てくれて、『姉ちゃんによう似とる、姉ちゃんによう似とる』って。『姉ちゃんによう似とるってことは、あんたに似とるってことたい』ってお母さんが笑うたら、『そうやろか、俺に似とるやろか』って照れくさそうに……」

「俺が産まれた時は？」

「あんたが産まれたときは、もう死んどったもん。あんたの産まれるちょっと前やったもんねぇ。お母さん、あんたをおなかに入れたまま、哲ちゃんの葬式に出たとよ。……ほんとに、なんも死ぬことなかったとにねぇ。……あれ、死ぬ何日か前やったろか、急に電話かかってきて、『駿としゃべらせてくれ』って」

「だって兄ちゃんまだ三歳か、四歳くらいやろ？」

「そうよ。何をしゃべっとったのか知らんけど、二人で長いことしゃべっとったよ。駿も大きな受話器持って、『うん、分かった。うん、分かった』って言いよった。……ほんとに、死んでしまう何日か前やったもんねぇ」

千鶴はそこまで話すと、ふと我に返ったような顔をして、「さて、お風呂でも入れてこようかね」と微笑《ほほえ》んだ。

悠太は何か言葉を返そうかと思ったが、その言葉が何も浮かんでこなかった。

「あんた、お兄ちゃんにも声かけておいでよ。いつ帰ってくるのやろかって、ずっと待っとったのやけん」と千鶴が言う。

「まだ働きもせず、離れにおるとや？」

冷たく言い放ったつもりだったが、あまりにも何度も繰り返された質問だったので、まるで切迫した感じがしない。

兄ちゃんに働くように言え。三村の男は自分が好きなように生きればいい。このままでどうするつもりや？　お兄ちゃんがおってくれるから、お母さん生きていけるとよ。ずっとこのまま面倒みていくわけにもいかんやろ？　なんが面倒なもんね、お母さんがお兄ちゃんに面倒みてもらっとるようなもんやのに。

もう何度となく、この仏壇間で繰り返されてきた会話。

なぜかしら千鶴は、蛍光灯を消して部屋を出て行った。再び真っ暗になった部屋の壁や畳に、盆提灯の青い光の模様がくるくると回る。

たまには婆《ばあ》さんに線香の一本でも上げてやろうかと思い、悠太はごろごろと畳を仏壇の前まで転がり、そのままの格好で線香に火をつける。たったの一本だけだったが、マッチから直接つけた火が線香の先に移った途端、部屋に香のかおりが立ち籠《こ》める。すうっと立った細い煙が、まるでぶどうの蔓《つる》のように天井へ昇っていく。

寝転んだまま線香を立て、腕を伸ばして鈴《りん》を鳴らすと、思いのほか大きな音が立ち、悠太は慌《あわ》てて鈴を押さえた。鈴の音が部屋の隅々まで、まるで煙のように滲《し》みていく。

「悠太、お兄ちゃんに帰ってきたって声かけておいでよ」

台所から千鶴の声がする。悠太は、「ああ」と面倒臭そうに立ち上がり、枕《まくら》にしていた座布団《ざぶとん》を踏みつけて、奥の部屋への襖《ふすま》を開けた。

ただ、離れまで足を運ぶつもりはない。便所脇《わき》の窓から顔を出し、「帰ってきたぞ」と声をかけるだけでいい。

上京するときにほとんどの荷物は処分した。お陰で三年前まで使っていた部屋は、物置のようになっており、自分の部屋だったという実感も湧《わ》かない。

なんとなく積み上げられた段ボールのふたを開けていると、ガタガタッととつぜん便所の木戸が開いた。駿かと思ってふり返れば、開いた木戸から、ぬっと見知らぬ少年が顔を出す。中学生らしく、サイズが合わないぶかぶかの学ランを着ている。

少年は暗い部屋に立っている悠太を目に留めると、一瞬、顔を引きつらせたが、すぐに表情を戻し、声を出さずにぺこっと頭を下げた。

「お前、誰や？」

悠太が冷ややかな声で問うと、「こんばんは」と消え入りそうに挨拶《あいさつ》をする。

「誰や？」

悠太はもう一度、今度は叱《しか》りつけるような声で尋ねた。

「今井、今井隆志《たかし》」

少年が口を尖《とが》らせてそう答える。

「ここでなんしよる？　どこから入ってきた？」

悠太は蛍光灯の紐を引っ張った。光の中ににきび面《づら》の少年の顔が浮かび、「どこって、そこ」と、相変わらず口を尖らせて、離れへと続く木戸を指さす。

「離れにおったとか？」

悠太の質問に、少年はこくんと肯《うなず》く。早くこの場を立ち去りたいと、その顔には書いてある。

少年が離れへ戻ろうとするので、悠太もそのあとに続いた。木戸を開け、離れまでの飛び石を、少年が裸足《はだし》のまま慣れた足取りで渡っていく。少年が離れの木戸を開けると、中から、「向こうに誰かおったか？」という駿の声がする。少年はちらっと背後の悠太を見遣《みや》り、何も答えずに離れに上がる。

悠太は離れの中を覗《のぞ》き込んだ。そこには奥の壁に立てかけたキャンバスに、何やら男の絵を描いている駿の背中があり、手前に置かれたベッドの脇には、たった今、上がり込んだ少年が、すでにしゃがんでマンガを読み始めている。

「兄ちゃん」

悠太は絵筆を握る駿の背中に声をかけた。「ん?」と素《す》っ頓狂《とんきょう》な声を上げてふり返った駿が、「なんや、帰ってきとったとや」と嬉《うれ》しそうな顔をする。

「誰や?」と、悠太はマンガを読んでいる少年のほうに顎《あご》をしゃくる。

「ああ、これ? 隆志。……下の駐車場の先にアパートが建っとるやろ、そこに住んどる」

駿がこともなげにそう答え、「今度はどれくらいおられるとや?」と話を変える。

「法事が終わったらすぐに帰る」

上がろうか戻ろうかと迷った末に、悠太は木戸を摑んでぐっとからだを持ち上げた。自分の体重で柔らかい木戸がぐにゃっとしなる。

「あのアパートに住んどる子が、なんでここにおる?」

悠太の声が聞こえていないはずはないのだが、隆志は手元のマンガ本からまったく目を離さない。

「なんでて、知らんよ。隆志に聞け」

駿が絵筆を投げ出してベッドに座る。無精ひげの生えた頰が、以前よりもこけている。

「おまえ、何年生や？」

悠太はマンガを読み続ける隆志の膝《ひざ》を、軽く足先で蹴《け》った。面倒臭そうに顔を上げた隆志が、「一年」とぶっきらぼうに答え、またすぐに視線をマンガに戻す。悠太は改めて駿に目を向けた。ベッドに腰かけたまま腕を伸ばし、まだ乾いていないキャンバスの絵の具を指先で潰《つぶ》している。

キャンバスが立てられた壁の足元には、いくつも他の絵が置いてある。どの絵も荒々しい筆致で描かれた男の顔で、見ている者を威嚇《いかく》するような目がこちらを睨《にら》んでいる。

悠太がじっと絵を見つめていたせいか、「これ、誰か分かるや？」と、駿が一枚の絵を指す。

「いや」と悠太は首をふった。

「文治伯父ちゃん。……悠太は覚えとらんやろうなぁ、お前が知っとる伯父ちゃんは、もう痩《や》せこけてしもうとったけんなぁ。昔はな、こげんごつか感じやったとぞ」

駿はそう説明しながら、足元に置かれたその絵を自分の膝にのせ、首を傾《かし》げて、その獰猛《どうもう》な男の顔を左右から眺め始める。

「それは？」と、悠太は別の絵を顎でしゃくった。

「ん？」とそちらに目を向けた駿が、「それは、正吾兄さん、殺されてしもたけどな」と笑う。

「じゃ、それは？」

悠太がまた別の絵を顎でしゃくる。

「お前は知らんよ。昔、聖美と付き合っとった暴走族の兄ちゃん」

若い男の顔が描かれたキャンバスを、駿の足先が軽く蹴る。ガクッと揺れた男の顔が倒れ、その後ろからまた別の男の顔が出てくる。

「どうや？　向こうの暮らしは？」

倒れた絵を元に戻しながら駿が訊《き》く。悠太はその質問には答えずに、「それ、それは誰や？」と、裏から出てきた、どこか駿に似ている男の絵を指さす。立てかけようとしていた絵をもう一度手前に倒して、駿が裏にある絵を引っ張り出す。

「これ？　誰やて思う？」